Läpi harmaan kiven

MAIJA MEIKÄLÄINEN

Läpi harmaan kiven

Sisältö

Saatteeksi

Olen koonnut nämä tarinat työelämän eri tilanteista vuosikymmenten ajalta. Jokainen voi itse vaikuttaa omaan selviämiseensä työelämän muutoksissa. Pienikin ajatus muuttuu vähitellen teoksi ja aikaa myöten toteutukseksi. Se on elämän laki. Suomalainen sisu ja periksi antamattomuus siivittävät tarinoissani unelmat täyttymykseen.

Toinen asia, joka auttaa ihmistä eteenpäin, on kannustaja. Hän on ihminen, joka jaksaa uskoa läheisensä saavutuksiin, vaikka tältä itseltään usko joskus loppuisikin. Ilman tätä tukea myöskään nämä kirjoitukseni eivät olisi toteutuneet.

Haaveen täyttymiseen on usein pitkä matka. Pitää miettiä, miten se voisi onnistua. Voi ottaa vaikka vain askeleen kerrallaan ja suunnata vaiheittain päämäärää kohti. Kun yksi ovi sulkeutuu, voi toisen oven takana löytyä se, mistä on aina haaveillut. Ensin täytyy vain uskaltaa avata ovi.

Lämmin kiitokseni teille, jotka olette olleet minua tukemassa tämän työn syntyvaiheissa. Ilman tukeanne nämä tarinat eivät olisi tulleet julki ja muitten luettaviksi.

Riihimäellä xxx
Maija Meikäläinen

Kirjasto – Lissu

Suomi oli 1950-luvulla maatalousvaltainen, runsaan neljän miljoonan ihmisen yhtenäiskulttuuri. Yhteiskunta kaupungistui ja teollistui ripeää vauhtia. Suomessa elettiin 1950-luvun alussa vielä pula-aikaa ja kahvi oli edelleen kortilla. Asunnoista oli huutava pula erityisesti kaupungeissa.

Liisa tapasi kolmekymppisen Hannun lavatansseissa. Hänestä tuntui heti siltä, että tuossa voisi olla rehti suomalainen mies. Hannu oli rauhallinen ja miellyttävän tuntuinen ja kaikin puolin Liisan makuun. Hannu oli hyvä tanssimaan, hän vaikutti kohteliaalta ja hänellä oli valoisa ja myönteinen elämänasenne. Hän oli maatalon isäntä toisessa polvessa. Toimeentulo saatiin karjasta ja maatilanpidosta.

Hannulla oli iso kaksikerroksinen hirsitalo. Saunarakennus sijaitsi erillisessä rakennuksessa, jossa oli myös vierasaitta. Kyllä siinä riitti tulevalla emännällä työmaata. Hiukan Liisaa pelotti, miten tulisi toimeen anopin kanssa. Liisa oli kuitenkin sovitteleva luonne ja uskoi, että he löytäisivät yhteisen sävelen ja pärjäisivät ilman suurempia ristiriitoja.

Liisa ja Hannu seurustelivat tiiviisti. Melko pian Hannu kosi. He viettivät maalaishäitä suvun ja ystävien kanssa. Pari vihittiin kirkossa ja Hannun kotona pidetiin kunnon maalaishäät ruokineen ja runsaine kahvipöytineen. Liisa ja Hannu kutsuivat tärkeimmät ystävät todistamaan rakkauden täyttymystä.

Perhe kasvoi pian. Ensin syntyi Eeva ja sitten kaksoset Aarne ja Aimo. Liisa hoiti lapsia ja anoppi autteli kykynsä mukaan. Varsinkin silloin, kun lapset sairastelivat, anoppi oli suurena apuna. Liisa oli aina ollut työssä ja tottunut omaan palkkatuloon. Hän jatkoi osa-aikaisesti kirjanpitäjän työssään ja hoiti myös Hannun kirjanpidon. Näin työtä riitti kokopäiväisesti ja lastenhoito hoitui anopin avun turvin.

Hannu viljeli porkkanaa, perunaa, nauriita, sipulia ja jonkin verran mansikkaa. Hannulla oli myös kanoja, jotka saivat olla vapaasti pihalla kesät. Siksi kanamunat olivatkin erinomaisen hyviä. Hannu kävi kesäisin kahdella torilla myymässä tuotteitaan. Talvet Hannu teki metsätöitä ja aurasi kyläläisten tiet. Liisa ja Hannu olivat kylällä sellaisessa maineessa, että jos joku kyläläinen tarvitsi apua, niin he olivat aina valmiina auttamaan.

Jonkun ajan kuluttua alkoi tulla pulmia toisensa perään. Kemian yrityksessä meni huonosti, ja Liisa joutui työttömäksi osa-aikatyöstään. Samanaikaisesti Hannu sairastui vakavasti ja joutui lopettamaan työnteon. Perhe joutui tilanteeseen, ettei tuloja enää ollutkaan. Läheisten ja ystävien tuki oli tuolloin korvaamaton. Ilman turvaverkkoa olisi ollut hankala selvitä eteenpäin.

Ystävättärensä Ailan kanssa Liisa pohti tilannetta, joka oli perhettä kohdannut. Liisa varasi ajan ammatinvalintaohjaajalle. Liisalla teetettiin soveltuvuustestejä, jotka antoivat vinkkejä siitä, mikä ala olisi hänelle paras vaihtoehto. Testien mukaan sairaanhoitajan ammatti olisi sopivin. Testit kertoivat, että Liisa oli erilaisten ihmisten kanssa toimeentuleva ja valoisa sekä pitkäpinnainen ja hermot hyvin hallitseva. Mutta lähes nelikymppisenä kolmen vuoden koulutus pelotti Liisaa. Vielä suuremmin mietitytti perheen toimeentulo, koska Liisan olisi nyt tuotava leipä perheelle. Testien mukaan toinen vaihtoehto oli kampaajan ammatti ja siinäkin oli kolmen vuoden koulutus. Kampaajan ammatti tosin kiinnosti, koska Liisa olisi voinut kolmen vuoden jälkeen perustaa oman yrityksen. Hän jäi kuitenkin odottelemaan kokopäiväistä työtä, jota voisi tehdä eläkeikään saakka. Liisa teki kotona kaikki rästityöt ja autteli naapureita. Hän uskoi, että vielä työpaikka löytyisi.

Ahkerasti Liisa tutki päivän lehtiä ja työpaikkailmoituksia. Hän huomasi, että kirjastoon haetaan oppisopimuksella työntekijää. Hän soitti heti ystävättärelleen Ailalle. Aila kannusti hakemaan oppisopimus työpaikkaa. Liisa teki hakemuksen ja päätti mennä itse henkilökohtaisesti viemään hakemuksen kirjaston johtajalle. Liisa kutsuttiin haastatteluun. Hakijoita oli ollut kahdeksankymmentä, joista haastatteluun otettiin kymmenkunta. Haastattelu jännitti Liisaa kovasti, mutta hän uskoi, että kun on oma itsensä, se riittää. Kirjastonjohtaja kysyi, miksi hän oli juuri tätä työpaikkaa hakemassa. Liisa kertoi, että lukeminen on aina kiinnostanut häntä ja hän halusi työpaikan, joka on kokopäiväistä asiakaspalvelutyötä. Hän kertoi tulevansa toimeen erilaisten ihmisten kanssa eikä helposti hermostu, vaikka tulisi vaikeitakin tehtäviä eteen. Lisäksi merkonomin tutkinto auttoi toimimaan erilaisissa työtehtävissä. Liisalle kerrottiin, että kahden viikon sisällä kaikille hakijoille ilmoitetaan päätös.

Kaksi viikkoa oli kulunut ja puhelin soi. Kirjaston johtaja kertoi iloisesti, että he olivat valinneet kirjaston oppisopimuspaikkaan juuri Liisan.

– Olit työyhteisömme mielestä tähän tehtävään juuri sopiva henkilö valoisan luonteesi ja hyvän työkokemuksesi vuoksi, johtaja ilmoitti.

Liisan riemu oli rajaton. Hän otti mielellään työpaikan vastaan. Työttömyys oli ohi. Hannu oli tyytyväinen ja toimeentulo perheellä taattu. Liisa jäi jännityksellä odottamaan ensimmäistä työpäivää ja uusien työkavereiden kohtaamista. Saara-anopille tämä tiesi enemmän työtä, koska Liisan työ oli kokopäiväistä. Saara oli kuitenkin sen verran hyvässä kunnossa, että suostui auttamaan. Siitä Liisa oli todella kiitollinen.

Työt alkoivat ja etenkin oppisopimukseen kuuluva koulutus jännitti Liisaa. Olihan aiemmasta koulutuksesta jo kulunut jonkin aikaa. Liisa otti haasteen vakavasti ja opetteli kaikki tehtävät huolella. Liisa huomasi, että oppi joka päivä jotakin uutta. Kirjastossa oli johtaja-Virpin lisäksi seitsemän työntekijää. Liisa tutustui heihin kaikkiin. Kun hänet ensimmäisellä kahvitunnilla esiteltiin tulevana kirjastovirkailijana, esittelystä jäi mieleen Pirjo. Hän vaikutti sellaiselta henkilöltä, jonka puoleen voisi kääntyä pulmatilanteissa.

Liisa huomasi, että asiakkaat pitivät hänestä. Hänellä oli aina aikaa pieneen rupatteluun ja kuulumisien vaihtoon. Liisa huomasi olevansa tärkeä asiakkailleen. Odotus työpaikasta ei ollut turhaa, vaan hän sai erittäin mielenkiintoisen ja haastavan työn, joka auttoi häntä pärjäämään myös kotona paremmin. Hannun terveys ei enää kestänyt työntekoa ja siksi eläkeratkaisu oli edessä. Kevyet kotiaskareet onnistuivat häneltä hitaasti tehden.

Liisa haaveili uuden harrastuksen aloittamista. Kirjaston seinällä oli ilmoitus kirjoituskurssista, jonka tavoitteena oli itseilmaisun ja vuorovaikutuksen kehittäminen. Se sopisi hänelle hyvin.

Kurssilla tehtiin harjoitustehtäviä ja ne luettiin ääneen. Kurssilaiset arvostelivat luetun kirjoituksen. Jokainen kurssilainen kertoi oman mielipiteensä luetusta ja sitten siitä keskusteltiin. Kurssilla opiskeltiin myös erilaisia kirjoitusmenetelmiä kuten dialogia, etäännyttämistä, päiväkirjan sekä unimateriaalin käyttöä ja niiden tuomia mielikuvia. Virikkeinä toimivat muistot, valokuvat, kirjat, lehdet ja historiikit. Kurssilla luetut työt olivat luottamuksellisia. Näin jokainen uskalsi tuoda aidosti omat mielipiteensä esiin. Jos Liisa ei olisi päässyt kirjastoon työhön, hänelle ei olisi tullut mieleen aloittaa tällaista harrastusta. Tämä oli harrastus, joka voisi jatkua, kun Liisa pääsisi kirjastosta eläkkeelle.

Elämä on oppimista ja uusien virikkeiden etsimistä. Kirjoitusharrastus antoi uusia virikkeitä myös kotielämään. Liisa pystyi aina hetkeksi ottamaan itselle aikaa vetäytymällä kirjoituksen pariin ja rentoutumalla mietteisiinsä paneutuen.

Hannu oli kuntoutunut sen verran, että pystyi hoitamaan mielenterveydekseen taas kanoja. Hän tunsi itsensä myös hyödylliseksi ja se antoi mielekkyyttä perhe-elämään. Naapurit pääsivät jälleen hakemaan luomukanamunia ja ne tekivätkin kauppansa. Hannukin oli miettinyt jotakin harrastusta, jotta pääsisi kotiaskareista toisten ihmisten pariin. Koska hän oli kätevä käsistään, hän päätti ilmoittautua miesten puutöihin. Puutöissä oli mahdollisuus keskustella muiden kanssa yhteiskunnallisista ja muista kiinnostavista asioista.

Liisan elämä oli muuttunut kirjastoon menon myötä säännölliseksi, mielekkääksi ja mielenkiintoiseksi. Hän oli päättänyt, että pikkuhiljaa he virittävät Hannun kanssa tanssiharrastuksen. Näin he saisivat toisilleen aikaa myöhemmin alkavaa uutta elämänvaihetta varten. Lapsethan olivat jo koulutiellä.

Aikuisopiskelijaksi

Annikin työura alkoi 1960-luvulla. Suomea leimasivat suuret murrokset, joiden vaikutus tuntuu edelleen suomalaisessa yhteiskunnassa. Suomi kehittyi sodanjälkeisen ajan maatalousvaltaisesta yhteiskunnasta teollisuusmaaksi. Suomalaisten koulutustaso nousi.

Annikin lapsuusperheessä oli kuusi lasta. Tytöt syntyivät ensimmäisessä sarjassa ja toisessa pojat. Isä Ahti oli työssä ja äiti Arja hoiti lapsia. Äiti oli ennen naimisiin menoa ollut tehdastyössä. Koulutus ei ollut silloin ensisijaisen tärkeää, vaan työhön mentiin heti, kun työpaikka oli tiedossa. Kun lapsia alkoi tulla, ei äiti enää mihinkään työhön voinut lähteä. Isän periaate oli, että lasten piti mahdollisimman pian päästä leivän syrjään kiinni. Annikin perhe asui omakotitalossa, jonka isä oli itse rakentanut. Annikki oli lapsista vanhin, ja heti kyetessään hän osallistui sisarustensa hoitamiseen, leipomiseen ja siivoamiseen. Mihinkään koulutukseen ei perheellä ollut varaa.

Kesät Annikki oli aina työssä juurikaspellolla, lastenhoitajana, ruokakaupassa myyjänä ja lipunmyyjänä uimalassa. Kesäisin ei ollut aikaa laiskotteluun. Nuorena Annikki haaveili kotitalousopettajan ammatista ja siksi hän lähti ammattikoulun keittiölinjalle. Ensin piti olla käytännön työssä, koska koulutukseen vaadittiin työelämän kokemusta. Jonkin aikaa Annikki oli tehdastyössä, mutta se ei ollut hänen mieleensä. Annikki päätti suuntautua kaupalliselle alalle. Hän pyrki kauppakouluun. Harjoittelupaikan hän sai toimistoapulaisena ja piti siitä kovasti. Tehtävä kuitenkin päättyi muutaman vuoden kuluttua yrityksen lopettamisen takia. Annikki haki ahkerasti uutta toimistotyötä ja sai paikan, jossa oli myös asiakaspalvelua. Tehtävään riitti merkantin tutkinto.

Annikki asui lapsuuskodissaan lähes kolmekymmentävuotiaaksi, koska säästi rahaa omaan asuntoon. Hän ei halunnut mennä vuokralle asumaan. Hän tutki myytäviä asuntoja. Pian löytyi sopiva asunto kerrostalosta ja Annikki otti asuntolainan. Olihan hänellä työ, jolla voisi lyhentää lainaa.

Hänen työnsä oli toimistotyötä ja asiakaspalvelua. Kaikki tilastot tehtiin käsin eikä nähty edes unta tietotekniikasta. Joku mainitsi, että kahdenkymmenen vuoden päästä tehdään kaikki työt tietokoneella, mutta ei sitä kukaan uskonut. Työ oli Annikille hyvin tärkeä ja kiitos paras kannuste. Tosin huonokin palaute antoi sisua ja pani yrittämään enemmän. Annikki koki jatkuvat muutokset siihenastisen työuransa suurimmiksi haasteiksi.

Annikin työn koulutusvaatimuksia kiristettiin ja paikka tulisi yleiseen hakuun. Paikka muuttuisi myös vakituiseksi viraksi. Annikki tiesi, että hänen pitäisi kouluttautua merkonomiksi, jos halusi hakea paikkaa. Vaikka hänellä oli työkokemusta kyseisestä tehtävästä, se ei riittänyt. Palkkatulo oli ehdoton edellytys, että sai asuntovelan maksettua. Annikki pohti tilannetta. Hän tiesi, että muutos tulisi voimaan kahden vuoden kuluttua.

Tanhuharrastuksessaan Annikki oli tutustunut Esaan, jonka kanssa askeleet kävivät yksiin. Pikku hiljaa alkoi seurustelu. Kummallakin oli omat asunnot eikä heillä ollut aikomustakaan muuttaa yksiin. Annikki mietti, uskaltaisiko ryhtyä työn ohella opiskelemaan ja suorittamaan vaadittua merkonomin tutkintoa. Hän tiesi, että kaksi vuotta opiskelua työn ohella ottaisi lujille. Tanhuharrastuskin pitäisi jättää taka-alalle.

Annikki aloitti opiskelun. Aluksi se tuntui vaikealta ja hänen piti monta kertaa muistuttaa itseään, miksi oli koulutukseen ryhtynyt. Mielessä oli oma työtehtävä, josta Annikki oli yhä kiinnostunut ja siksi motivaatio oli korkealla. Käytännön aineet sujuivat, koska Annikilla oli työkokemusta, joka auttoi useimmissa aineissa. Koulutuksessa auttoi myös suoritettu merkantin tutkinto, vaikka siitä olikin jo aikaa. Matematiikassa hän oli aina pärjännyt. Pulmaksi kuitenkin tuli kielten opiskelu. Sisukkaana ihmisenä hän kuitenkin suoritti kielten tentit hyväksyttävästi.

Kaksi vuotta työn ohella opiskelua ilman taukoja otti erittäin koville, mutta olihan hänellä Esa, joka auttoi henkisesti kestämään rankan opiskelujakson. Esa auttoi myös kotitöissä kyläillessään Annikin luona. Lopulta koitti päivä, jolloin Annikilla oli merkonomin paperit. Kun Annikki tultua kotiin todistuksen kanssa Esa oli odottamassa kahvin ja leivosten kera. Illalla he lähtivät myös pitkästä aikaa tanssimaan. Annikki huomasi, miten hyvältä tuntui, kun lähellä on ihminen, joka jaksaa kannustaa. Esa oli tyytyväinen ja uskoi, että Annikki saa työpaikkansa pitää. Annikki kuitenkin epäili, ettei mikään ole varmaa. Kaikki eivät pitäneet hänen tyylistään tehdä työtä.

Annikki laittoi tietysti hakemuksen ja uskoi, että pääsee haastatteluun, vaikka hakijoita oli runsaasti. Haastattelun piti hänen esimiehensä Arja, jonka alaisena hän oli jo pitkään tehnyt työtä. Arja tunsi Annikin työtekijänä. Kuitenkin tehtävän saamiseen ei riittänyt pelkästään Arjan mielipide, vaan asian käsittelyyn osallistui koko toimiston henkilökunta. Aamutunnilla käytiin haastateltavat henkilöt läpi ja henkilökunta sai kertoa mielipiteensä tulevasta työntekijästä. Henkilökunnasta kaikki eivät olleet Annikin kannalla. Voittaisiko oikeudenmukaisuus vai muut tekijät? Annikilta kysyttiin haastattelussa, miksi hän oli hakemassa tätä työpaikkaa. Annikki kertoi viihtyneensä työssään. Se oli mielenkiintoista ja hän halusi yhä kehittyä ja kehittää tehtävää. Hän oli juuri suorittanut merkonomin tutkinnon ja saanut uutta tietoa ja taitoa sekä oli myös virallisesti pätevä. Viimemetreille jäi kaksi hakijaa ja toinen niistä oli Annikki.

Jännitys oli huikea. Työkaveri Aino oli ehdottomasti sitä mieltä, että paikka olisi Annikin. Olihan hän jo vuosia tehnyt sitä työtä ja pärjännyt ilman muistutuksia. Annikki oli myös opiskellut siinä mielessä, että saisi työpaikan pitää. Jos paikka menisi sivu suun, niin Annikki olisi todella pettynyt ja vihainen. Annikki oli satsannut aikaa ja rahaa päästäkseen tavoitteeseensa. Annikki tiesi, että valintaryhmässä oli myös toista mieltä olevia.

Annikki sai työpaikan. Niin hän jatkoi työtään uudella innolla. Asiakkaat olivat tyytyväisiä saamaansa palveluun. Annikki ei katunut, että oli aloittanut opiskelun, vaikka se otti lujille. Hänen mielessään oli käynyt lisäopiskelukin. Opiskelu pistäisi väistämättä ajattelemaan omaa työtä uudesta näkökulmasta ja siksi se olisi kehittävää. Annikki tuli paremmin toimeen myös työkavereiden kanssa ja näki asiat uudessa valossa. Oli myös helpompaa, kun tiesi kuukausipalkan tulevan ja voi varmemmalla pohjalla suhtautua elämään.

Elettiin vuotta 1980 ja pelätty tietotekniikka teki tuloaan. Useissa paikoissa työt hoidettiin jo tietokoneilla. Eikä asiakaspalvelukaan siltä säästynyt. Oli ihmisiä, jotka olivat tulleet työhön 1950 – tai 1960- luvulla ja tottuneet siihen, että työt hoituvat käsin. Annikinkin työpaikassa oli työntekijöitä, jotka sanoivat itsensä irti eivätkä lähteneet tietokoneita opettelemaan. Tietotekniikassa riittikin opiskelua niin kauan kuin Annikki oli työelämässä. Tilastojen teko siirtyi tietokoneelle ja piti hallita useita ohjelmia. Piti ilmoittautua useammalle kurssille, sillä tietotekniikan opiskelu oli jatkuvaa.

Kun puhuttiin tietotekniikan tulosta, väitettiin, etteivät työpaikat vähene. Annikki oli toista mieltä. Hän uskoi, että kun kaikki saadaan toimimaan koneiden kautta, se vähentäisi työpaikkoja. Tietotekniikka oli Annikille suurin yhteiskunnassa tapahtunut muutos, joka hänen työelämänsä aikana oli tapahtunut. Ei ihme, että tietotekniikka toi jollekin suuria pelkoja.

Työelämä muuttui viimeisinä vuosikymmeninä muutoinkin monin tavoin, eikä aina pelkästään parempaan suuntaan. Annikki halusi uskoa organisaatioiden levittämää sanomaa tehokkuuden ja työnviihtyvyyden puolesta. Suurin osa työelämässä mukana olevista ei uskonut tähän väittämään. Työntekijät ja myös johto ovat usein ajopuun asemassa työelämän haasteiden edessä. Kiihtyvä globalisaatio pakotti suomalaiset juoksemaan tuotannon ja tehokkuuden oravanpyörässä entistä nopeammin. Siitä johtuen työn viihtyvyys ja työn ilo olivat monilta kadonneet. Loputon epävarmuus ja pelko tulevasta olivat tosiasiallisesti tappaneet luovuuden.

Annikin mielestä aikuisopiskelu työn ohella vaati paljon. Mutta hän selvisi haasteista ja itsetunto kasvoi. Opiskelu auttoi näkemään työn ja yhteiskunnan haasteet uudessa valossa. Virkisti muistia, kun joutui perehtymään asioihin eikä kaikki sujunut vanhoilla rutiineilla. Aikuisopiskelusta tuli hänelle elämäntapa.

Jokapaikan työmyyrä

Taloudellisesti 1970-luvun alkupuolen öljykriisi oli pelottava kokemus. Talojen sähkönsäästöä neuvottiin tietoiskuin lehdissä ja televisiossa. Kauppojen näyteikkunat eivät olleet illalla valaistuina ja katulampuista paloi vain joka toinen. Lapsiakin opetettiin sammuttamaan valot, kun poistuttiin huoneista. Yhteiskunta pyrki parantamaan koulutusmahdollisuuksia. Koulutus määriteltiin lasten ja nuorten lisäksi myös sellaisten erityisryhmien oikeudeksi kuten työttömät ja ammattikoulutusta vailla olevat.

Merja oli perheestä, jossa molemmat vanhemmat kävivät työssä. Lapsia oli kolme tyttöä. Isä Antti oli ison firman myyntipäällikkö, jolla ei ollut aikaa kotona oloon eikä lasten kasvatukseen. Lastenkasvatusvastuu oli äidillä. Äiti Ritva oli suuressa yrityksessä sihteerinä. Hänellä oli myös paljon ylitöitä.

Vanhimpana tyttärenä Merja oli tottunut hoitamaan sisarukset ja auttamaan keittiön hoidossa. Merja piti leipomisesta ja melkein aina oli piirakkaa viikonloppuna. Usein äidin tullessa kotiin Merja oli jo laittanut ruuan valmiiksi. Hän asui kotona melkein kolmekymmentävuotiaaksi. Hän halusi itsenäistyä ja etsi vuokra-asuntoa. Pian löytyi sopiva yksiö. Asunto sijaitsi lähellä lapsuudenkotia, koska hän halusi käydä usein saunomassa kotona. Merjan koti oli sisustettu häntä varten eikä hän ajatellut jakaa asuntoaan kenenkään kanssa. Ystäviä tietysti jokaisella tuli olla. Hän oli rahankäytön suhteen erittäin tarkka. Hieman rahaa toki jäi myös huvitteluihin.

Merja oli käynyt kansakoulun ja sen jälkeen ammattikoulun pukuompelulinjan. Hän haki ahkerasti työpaikkoja ja silmään osui työpaikka vaatetusliikkeen konttorissa. Hän pääsi haastatteluun. Johtaja Pertti selvitti, ettei työ ole pelkästään toimistotyötä, vaan Merja olisi myös kirjanpitäjän apulainen ja varastotyöntekijä. Johtajan yritykseen kuului vaatetusalan liikkeitä seitsemällä paikkakunnalla. Kun ympäri Suomea olevista liikkeistä tuli vaatteita, jotka odottivat toisiin liikkeisiin menoa, Merjan tehtävä olisi laittaa vaatteet vaateripustimiin.

Koska Merjalla oli koulutus pukuompelulinjalta, hän sai tämän työpaikan. Palkka ei ollut suuren suuri, mutta hän oli tottunut tulemaan pienellä rahalla toimeen. Etenemismahdollisuuksia ei tässä paikassa ollut, mutta riitti kun joka päiväksi oli töitä. Lähinnä toimistotyökokemuksen saaminen kiinnosti Merjaa.

Toimisto oli pieni. Toimiston henkilökuntaan kuului kirjanpitäjä Tanja. Merjan tehtävä oli Tanjan avustaminen kirjanpitotehtävissä. Toimistossa työskenteli myös työnjohtaja Simo. Merja lupautui Simon lasten beibisitteriksi, koska hänellä oli aikaa siihen. Tehtaanjohtaja Pertti oli erittäin ylpeän ja vaativan tuntuinen. Hän poltti aina sikaria. Hänen vaimonsa Erjaleena ei ollut mukana Pertin liikeyrityksessä, vaan toimi viiden lapsen kotiäitinä.

Pertti kulki sihteerinsä Mairen kanssa ympäri Suomea olevissa vaatetusalan liikkeissä ostamassa vaatteita. Maire oli erittäin tarkka, ja Pertti luotti hänen kykyynsä vaatteiden ostossa. Maire oli myös muotitietoinen ja siksi osasi ostaa vaatteita, jotka menivät kaupaksi.

Merjan oma työ oli vaihtelevaa toimistotyöstä varastotyöhön. Merja oli jokapaikan työmyyrä eikä osannut pitää puoliaan. Aina hän oli valmis auttamaan, siellä missä apua tarvittiin. Hän oli saanut mallin kotoaan. Merja oli joustava. Itsellisenä ihmisenä hänellä ei ollut ketään, joka olisi rajoittanut menemisiä. Hän oli kuitenkin tyytyväinen tehtäväänsä. Aika riensi ja toimistopuolen työkokemusta kertyi.

Merjan aloitettua työt hänelle kerrottiin työn olevan vakituinen. Mutta kuinka kävikään? Kohtalo puuttui kovalla kädellä elämän kulkuun. Eräänä aamuna Pertti lähti taas Mairen kanssa tyypilliselle vaatteiden ostosreissulle. Pertti kysyi lähtiessään Merjalta, voisiko tämä jäädä ylitöihin. Merja suostui.

Menemme Mairen kanssa Kuopioon ja tuomme sieltä ison määrän vaatteita, jotka pitäisi varastoida.

Merja odotti päivätyönsä päätyttyä, että he saapuisivat vaatteiden kanssa. Lopulta hän lähti kotiinsa ja uskoi, että matka kestäisikin enemmän kuin yhden päivän. Mutta Merja ei aavistanut, mitä oli tapahtunut. Seuraavana aamuna, kun hän meni työhön, Simo kertoi Pertin ajaneen kolarin. Hän oli loukkaantunut niin pahasti, että mitään ei ollut tehtävissä. Se oli järkyttävä tieto kaikille. Sihteeri oli selvinnyt pienin vammoin.

Samia pyydettiin ottamaan ohjat käsiinsä. Hän otti yhteyden Pertin vaimoon Erjaleenaan. Simon kanssa he tulivat siihen tulokseen, että kaikki seitsemän liikettä oli lopetettava. Kun hautajaiset oli pidetty, Simo ryhtyi toimiin. Varastossa olevat vaatteet myytiin heti, kun löydettiin liike, johon ne menisivät. Merja pakkasi vaatteet ylitöitä tehden. Liikkeiden alasajoa kesti puoli vuotta.

Kun kaikki firman työt oli tehty ja liike lopetettu, Simo haki töitä ja sai hyvän työnjohtajan paikan helsinkiläisestä vaatetusalan liikkeestä. Tanja laittoi myös useampia hakemuksia kirjanpitäjän paikkoihin ja sai heti kirjanpitäjän paikan läheltä Helsinkiä. Tanjaa harmitti kuitenkin, että työmatka piteni ja aikaa meni matkustamiseen.

Merja ajatteli jälkeenpäin yhteistyötään johtajansa kanssa. Hänen täytyi rehellisesti myöntää, että johtaja oli ollut ihmisenä sellainen, joka olemuksellaan pelotti. Tuli tunne, että jos työtä ei tehnyt kunnolla, siitä sai helposti moitteita. Kun Merja oli laittanut vaatteet vaatepuille ja yksikin henkari oli väärässä suunnassa, siitä oli tullut sanomista.

Simo ja Tanja olivat ihmisiä joiden kanssa oli ollut hyvä tehdä yhteistyötä. Tanjasta tuli Merjan hyvä ystävä ja hän auttoi myöhemminkin Tanjaa sukutapaamisissa. Merja sai erittäin hyvän työtodistuksen ja oli luottavainen, että saa tulevaisuudessa hyvän työpaikan.

Lasikatto

Suomessa elettiin 1980-luvulla nousukautta ja vahvan hyvinvointivaltion aikaa. Suomeen saatiin uusi sukunimilaki ja tasa-arvolaki. Maassa vallitsi voimakas taloudellinen nousukausi, joka kesti koko vuosikymmenen. Matkapuhelimet alkoivat yleistyä. 1980-luvulla talous- ja yrityshallintoa kehitettiin voimakkaasti.

Paula oli perheestä, jonka vanhemmat olivat työelämässä. Paulan äiti oli kirjanpitäjänä metallialan yrityksessä. Äiti kuului ammattiliittoon ja osallistui aktiivisesti ammattiliiton toimintaan. Hänen periaatteenaan oli naisten aseman parantaminen työelämässä. Isä oli suuren kemian yrityksen johtaja. Hän osallistui Lions-klubin toimintaan. Se on vapaaehtoistyötä. Tyypillisiä aktiviteettejä ovat nuorten harrastusten tukeminen, vanhusten auttaminen, veteraanien tukeminen ja yleisötapahtumien järjestäminen. Vanhemmat olivat korostaneet aina sitä, että yhteiskunnallisiin asioihin on syytä osallistua. Perheessä oli kolme tyttöä. Vanhemmat olivat kannustaneet heitä pienestä pitäen siihen, "ettei ole sitä ovea, josta tyttö ei mene siinä kuin poikakin". Vanhemmat olivat sitä mieltä, että tyttöjen pitää opiskella ylioppilaaksi ja hakea sen jälkeen yliopistoon.

Paulaa onnisti, sillä hän pääsi heti ylioppilaaksi valmistuttuaan opiskelemaan Kauppakorkeakouluun ekonomiksi. Hän valitsi pääaineekseen taloustieteet. Paulan opiskelu kestäisi viisi vuotta. Hänen tavoitteenaan oli päästä joka kesä työhön, että saisi kerrytettyä työkokemusta. Silloin hänellä olisi paremmat mahdollisuudet päästä työhön valmistuttuaan.

Paula noudatti vanhempiensa esimerkkiä ja hakeutui heti opiskelemaan päästyään mukaan opiskelijakunnan piirissä toimivaan yhdistykseen. Sen tarkoituksena oli yhdistää saman oppiaineen opiskelijoita, ajaa näiden etuja ja järjestää toimintaa. Lähes jokaisen alan opiskelijoilla oli oma ainejärjestönsä. Paula valittiin puheenjohtajaksi ja sitä kautta hän pääsi vaikuttamaan opiskelijoiden asioihin. Kesätöihin Paula pääsi suureen metsäalan yritykseen. Opiskelujen jälkeen hänellä oli tähtäimessä työpaikka samassa yrityksessä.

Paula tutustui Erkkoon jo kouluaikanaan. Hän oli nyt insinööriopiskelija ja valmistui vuotta aikaisemmin kuin Paula ekonomiksi. Erkko sai koulutustaan vastaavan koneinsinöörin paikan. He menivät kihloihin kouluaikana. Paulasta tuntui siltä, että tässä oli hänen rakkautensa. Kun Paula valmistui ekonomiksi, he avioituivat ja muuttivat vuokralle kerrostaloon.

Pian Paula huomasi olevansa raskaana, ja niin työnhaku piti jättää myöhempään ajankohtaan. Sannan jälkeen runsaan vuoden päästä syntyi Tuomas. Pian Paulalle selvisi, ettei Erkko viihtynyt kotona heidän kanssaan. Hän oli kiinnostunut kavereiden kanssa juhlimisesta ja hänellä oli myös muita naisia. Paula halusi erota.

Paula muutti isoon kaksioon lastensa kanssa. Käytännön asiat sovittiin. Lapset olivat joka toinen viikonloppu isällä. Erkko suostui maksamaan lapsista elatusmaksua. Lapsissa riitti tekemistä. Jos vapaata oli, Paula lenkkeili tai uppoutui kirjojen pariin.

Työelämään paluu tuli ajankohtaiseksi. Paula otti yhteyttä siihen metsäalan yritykseen, jossa oli ollut kesäisin harjoittelemassa. Hän sai kuulla, ettei siellä ollut mitään sopivaa työtä tarjolla. Hän laittoi hakemuksia moneen paikkaan, mutta tuntui, ettei työnsaannista tule mitään. Sitten löytyi yksi työpaikka kemian alan yrityksessä. Sinne haettiin työnjohtajaa. Alaisia olisi viisitoista. Paula lähetti hakemuksensa kyseiseen paikkaan. Viimemetreille pääsi kaksi hakijaa eli ekonomiksi valmistunut mies, jolla oli hieman työkokemusta ja Paula. Heidät kutsuttiin vielä uudestaan haastatteluun. Heitä haastateltiin samaan aikaan. Koska he olivat tasaväkisiä, valinta oli vaikea. Paikan sai kuitenkin ekonomiksi valmistunut mies.

Valitettavasti naisen oli edelleen oltava osaavampi ja parempi kuin mies yltääkseen vastaaville paikoille. Miestä ei niin helposti kyseenalaisteta kuten naista. Jos naiset olisivat oppineet verkostoitumaan ja aidosti tukemaan toisiaan, niin lasikatot olisivat olleet jo historiaa. Paula uskoi, että monen osaavan naisen pääsy estettiin tehtäviin, joihin liittyy valtaa ja yhteiskunnallista vaikuttamista. Tämä johtui miesten epävirallisista verkostoista. Naiset joutuivat uhraamaan enemmän ja käyttämään kovempia keinoja päästäkseen tavoitteeseensa. Naisia helposti myös tytöteltiin ja kutsuttiin aloittelijoiksi, vaikka heillä oli yhtä pitkä työkokemus ja osaaminen kuin miehillä vastaavissa tilanteissa.

Paula oli pettynyt ja koki, että yhteiskunnassa sittenkin arvostetaan miehiä, kun on kysymyksessä esimiestasoinen työpaikka. Hän jatkoi kuitenkin sinnikkäästi työnhakuaan. Hän laittoi hakemuksen keskisuureen kemian alan yritykseen ja pääsi haastatteluun. Haastattelussa Paula korosti koulutusta ja osallistumistaan yhteiskunnan asioihin. Näin halusi kertoa aktiivisuudestaan. Paula oli tyytyväinen, kun sai tiedon siitä, että hänet oli valittu. Paula sai sopivan hoitopaikan lapsilleen ja pääsi luottavaisena aloittamaan työnteon.

Paulalla oli kaksikymmentä alaista, joista miehiä oli viisi. Kymmenen naista oli ollut yrityksessä pitkään. Paula tuli hyvin toimeen alaistensa kanssa, mutta taiteilua se vaati. Naisten kanssa oli aina keskinäistä kilpailua. Se oli tosiasia. Miehet olivat rehtejä ja sanoivat asiansa suoraan. Siksi heidän kanssaan työnteko oli helpompaa. Paula oli innostunut työstään ja elämä tuntui taas pitkästä aikaa hyvältä.

Lapset olivat Erkon luona joka toinen viikonloppu. Paulalla oli omaa aikaa, kun lapset olivat isällä. Paula otti ohjelmaansa toiminnan soroptimistijärjestössä. Siellä hän ajoi naisten tasa-arvokysymyksiä. Järjestö oli ammatissa toimivien naisten vapaaehtoinen palvelujärjestö, joka toimi paikallisen, kansallisten ja kansainvälisten yhteisöjen kanssa.

Se pyrki vaikuttamaan aktiivisesti päätöksentekoon yhteiskunnan kaikilla tasoilla.

Naisjärjestöstä Paula löysi hyvän ystävättären, Merin. Hänen kanssa pohdittiin elämän menoa, kun he usein jäivät kokouksien jälkeen rupattelemaan ja kannustamaan toisiaan. Merillä oli myös sama tilanne kuin Paulalla. Hänkin oli kahden lapsen yksinhuoltaja. Arjen pyörityksessä tarvittiin ystävää ja ystävän neuvoja.

Onneksi Erkko oli ollut suostuvainen lasten tapaamisiin. Vanhemmat olivat olleet hyvissä väleissä ja pystyneet keskustelemaan lapsiinsa liittyvistä asioista. Joskus haikeana Paula mietti, miksi avioliitto Erkon kanssa ei kestänyt. He olivat ilmeisesti liian erilaisia ja lapset tulivat liian nopeasti. Heillä ei ollut aikaa toisilleen ja se vie hyvän suhteen kriisiin. Kummallakaan ei ollut halua ryhtyä avioliittoa korjaamaan, ja niin he erkaantuivat toisistaan.

Valmistuttuaan kauppatieteiden maisteriksi Paula uskoi, että tutkinto-ohjelma tarjosi valmiudet talous- ja elinkeinoelämän johto-ja asiantuntijatehtäviin muuttuvassa kansainvälisessä ympäristössä.

Paula uskoi myös, että kun mennään vuosia eteenpäin, lasikatto olisi jo historiaa. Työpaikkaa hakiessa hakijan henkilökohtainen, monipuolinen osaaminen tulee olemaan kaikkien tärkeintä.

Hyvän palvelun diplomi

1990-luvun alussa lama koetteli Suomea. Länsimaat investoivat runsaasti Kiinaan halpojen tuotantokustannusten takia ja se nostatti Kiinan talouden valtavaan kasvuun. Neuvostoliitto romahti 1991 ja Suomi liittyi vuoden 1995 alussa Euroopan Unionin jäseneksi. Idänkauppa romahti ja sen seurauksena Suomessa oli pankkikriisi ja historian suurin lama.

Elina vietti nuoruutensa kavereiden kanssa diskoissa, elokuvissa ja tapahtumissa. Elina oli perheen ainoa lapsi. Vanhemmat olivat työelämässä, isä metsäalan työnjohtajana ja äiti kierrätysfirmassa laatuvastaavana. Elinan vanhemmat eivät olleet rikkaita, mutta hyvin toimeentulevia. Vanhemmat kasvattivat Elinan oikeudenmukaiseksi ja toisia huomioon ottavaksi.

Elina kävi lukion ja pääsi ylioppilaaksi hyvin tiedoin. Koulukavereiden kesken he juhlivat ylioppilaaksi pääsyä, sillä olihan kyseessä yhden jakson päättyminen. Tämän jälkeen kukin lähti omalle taholleen ja yhdessäolo väheni. Edessä oli ammatin hankkiminen. Elinaa kiinnostivat käden taidot ja vanhemmatkin huomasivat sen. Elina oli aina ollut myös muodista kiinnostunut. Elinan mielestä suutarin ammatti olisi hänelle paras vaihtoehto. Siinä työssä sai myös nähdä, miten muoti kenkäalalla muuttuu ja mihin kengissä kulloinkin kiinnitetään huomiota. Olisiko se kauneus vai käytännöllisyys?

Valmistuttuaan suutariksi Elina perusti oman yrityksen. Hän haki pientä liiketilaa ja pian löysikin sen. Elinan vanhemmat takasivat tyttärensä lainan, ja näin Elina pystyi aloittamaan suutariliikkeen pidon. Pian Elina sai hyvän asiakaspiirin. Hyvin tehty työ ja hyvä maine levisi, ja asiakkaat olivat tyytyväisiä saamaansa palveluun. Lama alkoi kuitenkin nostaa päätään ja suutarillakin alkoivat työt vähentyä. Kenkien hinnat laskivat ja siksi vanhoja ei enää korjautettu, vaan ostettiin uudet kengät. Elinalla oli suutariliikkeestään vielä lainaa jäljellä, mutta hänen piti lopettaa kahdeksan vuotta kestänyt liiketoimi. Elinalle se oli raskas isku, koska hän oli tottunut omaan vapaaseen työhön, jossa ei tarvinnut kysyä neuvoa keneltäkään.

Elinaa kiinnosti asiakaspalvelu, ja siksi hän hakeutui työllisyyskoulutuksen kautta toimistoalan koulutukseen. Se kesti puoli vuotta. Koulutukseen kuului työharjoittelujakso matkailualan yrityksessä. Elina päätti tehdä työn niin hyvin kuin osasi. Hän tähtäsi harjoittelun kautta työhön kyseiseen yritykseen.

Harjoittelujakson päätteeksi Elina sai työpaikan yrityksestä. Hän halusi tehdä työtä sillä periaatteella, että asiakkaat saivat hyvää palvelua. Elina oli mielissään, että lamasta huolimatta hän oli onnistunut saamaan vakituisen työpaikan.

Kyseisessä yrityksessä oli työntekijöitä kaikkiaan kuusi, kaksi miestä ja neljä naista. Johtaja oli puolueellinen, ja siksi työilmapiiri ei ollut paras mahdollinen. Tuntui siltä, että miespuoliset työntekijät olivat hänen suosiossaan. Naispuoliset taas kilpailivat asiakkaiden suosiosta. Työyhteisössä kateus oli ehtymätön luonnonvara, joka vaikutti työilmapiiriin. Helposti tuli keskinäistä kärhämää.

Elina oli samaan aikaan jäänyt yksinhuoltajaksi ja elämä oli raskasta. Lapset sairastelivat usein, ja hänen oli jäätävä työstä pois. Sairaana hän tosin sai apua lasten isältä, sillä lapset olivat aina etusijalla.

Eräänä päivänä työn päätyttyä Elina tunsi itsensä hyvin huonovointiseksi. Kotona hän mittasi kuumeen, jota oli kolmekymmentäyhdeksän astetta. Hän soitti lasten isälle ja pyysi tätä hakemaan lapset luokseen. Sairasloma kesti viisi päivää. Lapset olivat ikävissään, ja sairasvuoteella tulivat mieleen kaikenlaiset ikävät ajatukset. Hän ei aina jaksanut edes sängystä nousta. Pikkuhiljaa tauti alkoi hellittää

Elina hätkähti, kun kuuli postin tulevan. Lattialle putosi painavan tuntuinen kirje. Mitähän lie mainospostia? Elina ajatteli. Hän nousi vaivalloisesti katsomaan postia. Elinan silmät rävähtivät auki, kun hän avasi kirjekuoren. Kirjekuoresta paljastui Hyvän palvelun diplomi. Sen oli joku asiakkaista lähettänyt hänelle Kodin Kuvalehden kautta.

Elinan mieltä lämmitti tällainen huomionosoitus, ja kyllä häneltä muutama kyynelkin vierähti. Hän luki kirjeen kahteen kertaan. Siinä sanottiin, että hän oli työyhteisönsä palveluihme. Elina piristyi postin saatuaan ja ajatteli, ettei ole turhaan työtänsä tehnyt. Joku kuitenkin arvosti saamaansa palvelua ja halusi kiittää häntä.

Huomionosoitus auttoi flunssasta selviämisessä. Elina kutsui ystävättärensä juhlakahville. Yhdessä he totesivat, että elämässä pienet hetket ovat niitä, jotka piristävät. Myös lapset saapuivat kotiin seuraavana päivänä. Lasten aitouden kohdattuaan Elina tunsi, että elämä oli sittenkin elämisen arvoista.

Elina palasi työhön. Hän vei saamansa Hyvän palvelun diplomin työhuoneensa seinälle. Muutkin näkivät, että hän on ihminen, joka perehtyy asiakkaiden tarpeisiin ja tekee parhaansa asiakaspalvelutyössään. Työtoveri halasi häntä lämpimästi ja sanoi, että asiakkaat olivat jo Elinaa kaivanneetkin. Johtaja ei kiinnittänyt mitään huomiota diplomiin. Usein se, että ihminen tekee hyvin työnsä jää huomiotta. Jos tekee virheen, se kyllä huomataan heti.

Työ oli Elinalle tärkeää ja hän sai siitä tyydytystä. Elina myös uskoi, että kun lama hellittää, hän voisi vielä harjoittaa suutarin työtään. Siitä työstä hän erityisesti piti. Hänen haaveenaan oli perustaa suutarinliike ja yhdistää siihen kenkien myynti. Haaveet voivat toteutua, kun lama hellittää.

Kärkisorvaajasta lähihoitajaksi

Lama koetteli Suomea vuonna 1993. Se vaikutti myös aikuiskoulutukseen. Koulutus painottui aiempaa enemmän työvoimaviranomaisten kanssa yhdessä laadittuun koulutukseen työttömille ja työttömyysuhanalaisille henkilöille. Yksityisen kysynnän romahduksen taustalla oli korkea reaalikorko. Lama koetteli asuntolainan ottajia, koska he usein joutuivat myymään asuntonsa pilkkahintaan. Työllisyysnäkymät heikkenivät ja konkursseja syntyi. Pankeille alkoi kertyä luottotappioita.

Aleksi oli kolmekymmentäviisivuotias perheellinen mies. Hänellä oli vaimo Janita ja kolme lasta. Janita oli ennen naimisiin menoa työskennellyt hammashoitajana. Nyt hän oli äitiyslomalla. He olivat Aleksin kanssa yhdessä päättäneet, että lapset hoidetaan kotona niin kauan, kuin he hoitoa tarvitsevat. Aleksi oli juuri rakentanut heille omakotitalon, jossa oli tilaa lasten leikkiä.

Koska Aleksilla oli vakituinen työpaikka vakavaraisessa yrityksessä kärkisorvaajana, hän oli uskaltanut ottaa lainaa. Aleksi oli ollut kyseisessä yrityksessä kymmenen vuotta ja tullut hyvin toimeen työkavereiden kanssa. Hän oli kuullut huhuja, että firmassa alkaisivat yhteistointaneuvottelut. Aleksi uskoi kuitenkin, että hän saisi jäädä firmaan. Oli täysi yllätys, kun nimilistan julkistuksessa Aleksi olikin irtisanottujen joukossa.

Aleksi oli huolestunut ja peloissaan, koska heillä oli iso asuntolaina. Hän ei halunnut heti myydä omakotitaloa, johon he olivat juuri asettuneet asumaan. Aleksi nukkui huonosti, ajatukset kiersivät samaa rataa. Heti aamulla hän kertoi Janitalle, että menee pankkiin ja kysyy, voisiko maksaa vain lainan koron niin kauan, kun saisi uuden työpaikan. Aleksi oli aina hoitanut raha-asiat säännöllisesti ja siksi joustoa onneksi löytyi.

Aleksi aloitti ahkeran työnhaun. Se tuntui oudolta, sillä oli mennyt kymmenen vuotta eikä sinä aikana ollut tarvinnut ajatellakaan työnhakua. Hän oli ulospäin suuntautunut ja ihmisten kanssa toimeentuleva. Lisäksi Aleksi oli kätevä käsistään. Hän oli jo työssä ollessaan tehnyt pieniä korjaustöitä ja autellut naapureita sisä- ja ulkotöissä. Uuden työn ei välttämättä tarvinnut olla samaa, kuin mitä Aleksi oli aikaisemmin tehnyt. Mitään työtä ei yrityksestä huolimatta löytynyt. Aleksi alkoi jo olla tilanteesta toivoton ja ehdotti Janitalle, että aloittaisi opiskelun. Janita epäili, tulisivatko he toimeen. Aleksi vakuutti, että kyllä he tulevat ja jos ei muu auta, hän jakaa sanomalehtiä aamuyöstä. Janita harkitsi ottavansa lapsia hoitoon, sillä olihan heillä nyt tilaa.

Aleksi alkoi katsella koulutusvaihtoehtoja aloilta, joilla voisi työllistyä. Oli todettu, että lähihoitaja olisi myös miehille sopiva ammatti muun muassa siksi, että miehillä oli enemmän fyysistä voimaa kuin naisilla. Koulutuksen pituus kuitenkin hirvitti. Aleksi kertoi Janitalle, että oli päättänyt ottaa riskin ja hakea lähihoitajakoulutukseen. Janita päätti ottaa kaksi lasta hoitoon ja tuoda siten oman osuutensa tähän kolmen vuoden projektiin.

Aleksi odotteli haastatteluun kutsua. Sen tekivät koulutuksen vastuuopettaja Niko ja sihteerinä oli Lea, joka oli ollut lähihoitajan tehtävissä aikaisemmin. Näin haastattelussa oli sekä mies- että naisnäkökulma. Haastattelussa kysyttiin, miksi hän halusi nimenomaan lähihoitajan ammattiin. Aleksin mielestä hoitoalalla ei ollut juurikaan työttömyyttä. Vanhuksia ja sairaita kyllä riittäisi. Aleksi halusi vakituisen työn, että voisi suunnitella elämäänsä eteenpäin. Jännittyneenä hän jäi odottamaan, saako koulutuspaikan vai jatkuuko työnhaku.

Akseli hyväksyttiin koulutukseen. Häntä kyllä mietitytti, vieläkö kolmekymmentäviisivuotiaana omaksuu uusia tietoja ja taitoja ja jaksaako opiskella kolme vuotta. Onneksi kodissa oli työhuone, jonne Aleksi voisi vetäytyä opiskelemaan rauhassa.

Jännittyneenä Aleksi odotti ensimmäistä koulupäivää. Tuntuikohan ekaluokkalaisilta samalta? Valittuja oli kaksikymmentä. Aleksi huomasi, että hyväksytyt opiskelijat olivat eri-ikäisiä kahdestakymmenestä viidestä viiteenkymmeneen viiteen. Opiskelijoiden joukossa oli myös kaksi ulkomaalaistaustaista miestä. Naiset olivat aiemmin liikealalla olleita ja heistä tuli ystävyksiä. He pitivät naisten puolta kaikessa opiskeluun liittyvissä asioissa.

Luokkahuoneessa oli kahden istuttavat pulpetit, ja Aleksin viereen tuli Roope. He pohtivat yhdessä, mihinkä he olivat päänsä pistäneet. Aleksi huomasi, että Roope oli vilkas ja sosiaalinen. Roopella oli myös vaimo ja lapsia. Mies oli ollut aiemmin rakennuksilla työssä. Työ oli ollut katkonaista ja usein hänellä oli ollut lomautuksia. Siksi Roope päätti vaihtaa alaa. Roope halusi työn, joka olisi jatkuvaa. Siksi hän oli hakeutunut lähihoitajan koulutukseen.

Hetkessä Aleksi ja Roope huomasivat, että he viihtyivät yhdessä. He päättivät aloittaa sählyn peluun koulun tiloissa. Näin saataisiin vaihtelua opiskeluun ja myös fyysinen kunto pysyisi hyvänä.

Jos Aleksille tuli koulutuksen aikana jokin pulma, hän keskusteli siitä Roopen kanssa. Yhdessä he saivat yleensä pulmat ratkaistua. Teoria-aineet menivät heiltä kummaltakin hyvin. Vaikeimmaksi haasteeksi osoittautui lääkinnällinen puoli. Siinä joutui moni urakoimaan niin, että sai tämän osion suoritettua. Asiakaspalvelujakso oli monelle helppo aine. Muutama opiskelija oli koulutuksen aikana havainnut valinneensa väärän alan ja he keskeyttivät opiskelun. Aleksi ja Roope olivat kuitenkin tyytyväisiä valintaansa.

Koulutukseen kuului kolme harjoittelujaksoa. Innokkaasti Aleksi haki harjoittelupaikkoja. Hän päätti ottaa harjoittelusta kaiken mahdollisen irti. Siksi hän halusi harjoitella kolmessa eri paikassa. Näin hän saisi kokemusta erilaisista tehtävistä. Hänen kiinnostuksen kohteinaan olivat yksityinen palvelutalo, sairaala ja kodinhoitajan työ. Roopekin oli saanut harjoittelupaikat, mutta hän halusi mennä vain kahteen paikkaan eli sairaalaan ja vanhusten palvelutaloon.

Yksityinen vanhusten palvelutalo oli kiinnostava, koska siellä sai keskustella vapaasti vanhusten kanssa ja kuunnella, mitä heillä oli kerrottavanaan. Vanhuksia oli kaikkiaan kaksikymmentäviisi. Yksi sairaanhoitaja oli vastuussa koko palvelutalon pyörittämisestä, ja viisi sairaanhoitajaa huolehti vanhuksista. Jokaisella sairaanhoitajalla oli oma vastuualueensa. Palvelutalon vanhukset olivat varakkaita, koska talossa asuminen oli kallista. Asumiseen sisältyi ruokailu, terveydenhuolto ja vapaa-ajan vietto. Yleensä vanhukset kertoivat nuoruudestaan ja lapsistaan. He olivat iloisia ja positiivisia ja ottivat Aleksin hyvin vastaan. Jo aamusta he odottivat Aleksin tuloa. Aina oli sen verran aikaa, että hän ehti rupattelemaan ja kuuntelemaan heidän tarinoitaan. Asukkaat eivät valittaneet, vaan kertoivat, mitä olivat edellisenä päivänä tehneet. Erikoisesti he odottivat askarteluun menoa. Siellä saattoi tehdä käsitöitä. Miehetkin tulivat naisten seuraksi. Palvelutalossa järjestettiin myös laulutuokioita ja hartaushetkiä sellaisille vanhuksille, jotka jaksoivat osallistua niihin. Kaikki kokoontuivat yhdessä ruokailemaan. Yhteisöllisyys ilahdutti Aleksia. Työpäivän päätyttyä jäi hyvä mieli. Aleksi tiesi, että seuraavana päivänä häntä jo odotettiin.

Toinen harjoittelupaikka oli sairaala. Aamuisin oli raportointi. Aleksi sai raportin aikana tiedon, mitkä potilashuoneet olivat hänen vastuullaan. Oli tarkkaan mitoitettu, kuinka kauan voi olla yhdessä huoneessa. Samassa huoneessa oli monta potilasta. Työ oli nostelua, vuoteet piti sijata ja lakanat vaihtaa. Huoneissa saattoi olla kärttyisiäkin potilaita. Työntekijällä ei kuitenkaan ollut aikaa potilaiden kanssa rupatteluun, vaan piti kiiruhtaa huoneesta toiseen. Työ oli kolmivuorotyötä, josta Aleksi ei oikein pitänyt. Kahvitauot olivat hätäisiä ja ruokailla piti nopeasti. Aleksi sai hyvän kuvan siitä, mitä työ sairaalassa oli.

Kolmas harjoittelupaikka oli kunnalliset kotikäynnit. Mitoituksen vuoksi yhdessä paikassa oli aikaa vähän. Yleensä ihmiset olivat iäkkäitä ja he olisivat tarvinneet monenlaista apua, kuten kaupassa käyntiä ja siivoamista. Erityisesti he olisivat kaivanneet yhdessäoloa. Se ei kuitenkaan ajanpuutteen vuoksi ollut mahdollista. Työ oli tehty pakkotahtiseksi. Aleksin mielestä se työ ei ollut häntä varten.

Kun harjoittelut olivat ohi, Aleksi keskusteli paikoista Roopen kanssa. Roope oli mielistynyt sairaalamiljööseen ja Aleksi yksityiseen vanhusten taloon. Aleksi ja Roope kokivat kumpikin koulutuksen erittäin antoisana. Aleksi oli myös iloinen, että he saivat uuden perheen ystäväpiiriinsä. Koulutus otti joskus koville, mutta vahva motivaatio ja Roopen kanssa tehty yhteistyö auttoivat suunnattomasti.
Koulutuksessa paras palkittiin, ja stipendin sai Aleksi. Keskustelut, jotka Aleksi kävi Janitan ja Roopen kanssa, auttoivat häntä koulutuksesta selviämisessä. Todistukset saatuaan he viettivät perheineen päättäjäisiä. He juhlivat sitä, että rankka kolmen vuoden koulutus oli takana ja että ystävyys jatkui koulutuksen jälkeenkin.

Sitten alkoi työnhaku. Aleksi soitti yksityiseen palvelutalon johtajalle ja pyysi palaveriaikaa. Se järjestyi kahden viikon kuluttua. Todistuksineen Akseli suuntasi askeleet kohti johtajan ovea. Hän odotti jo Aleksia. Johtaja totesi, että Aleksi oli ottanut koulutuksen vakavasti, koska todistus oli hyvä. Myös vanhukset olivat pitäneet miehestä kovasti. Kahden viikon kuluttua vapautuisi paikka, koska yksi sairaanhoitajista lähtee jatko-opiskeluun. Aleksi oli halukas aloittamaan työt.

Aleksi palkitsi perhettään pienellä matkalla. Roope oli saanut sinä aikana paikan sairaalasta. Aleksi ja Roope olivat tyytyväisiä, että uskalsivat sukeltaa tuntemattomaan. Tämä toi kummallekin uuden ammatin ja mahdollisuuden parempaan elämään.

Pekka Peloton

Tilastokeskuksen mukaan vuosien 1993 -1995 aikana Suomesta oli kadonnut yli 400 000 työpaikkaa. Suomi hyväksyi Maastrichtin sopimuksen vuonna 1995. Se tarkoitti sitä, että jäsenmaat kehittyivät uuteen vaiheeseen kohti taloudellista ja poliittista unionia. Tavoitteena oli kiinteämpi raha-, talous- ja poliittinen liitto.

Pekka oli kolmekymmentäkaksivuotias poikamies. Hän asui Pohjois-Karjalassa pienellä paikkakunnalla. Hieman yli kaksikymmentävuotiaana hän oli mennyt töihin paikalliseen saha-alan yritykseen. Noihin aikoihin sai työpaikan helposti. Ensin hän oli tehdastöissä noin kaksi vuotta. Ahkerana ja säntillisenä hän sai pian vastuullisemman tehtävän. Pekalla oli kymmenen alaista. Pekka uskoi, että osaa tehtävänsä hyvin. Perheetön mies luotti itseensä kuvitellen, ettei juhliminen vapaa-ajalla haittaisi työntekoa. Hänhän tuli hyvin toimeen alaistensa kanssa ja oli suosittu.

Aluksi kavereitten kanssa juhlittiin viikonloppuisin, mutta pian se ryöstäytyi käsistä. Pekka sai ensimmäisen huomautuksen, koska juhliminen alkoi jo näkyä työssä. Hän ajatteli, että antaa mennä vain. Paras kaveri kehotti lopettamaan, koska Pekan ryyppäily ei ollut enää hauskaa katseltavaa. Pekka ei kuitenkaan kuunnellut, vaan sai toisen varoituksen. Vielä tämäkään ei häntä herättänyt, ja hän jatkoi entiseen malliin.
Tehtaan johtaja kutsui hänet puhutteluun ja kertoi, että hänen on irtisanottava Pekka. Pekka ei voisi jatkaa työssään, koska asiakkaatkin olivat huomanneet, ettei työ sujunut enää samaan malliin kuin ennen. Pekka oli pettynyt itseensä, mutta tehty mikä tehty. Hän huomasi olevansa työtön ja jatkoi samalla tavoin, kun nyt ei enää millään ollut väliä. Paras kaveri oli erittäin huolestunut Pekasta, jolla olisi vielä ollut annettavaa työelämälle.
Pekka huomasi, että rahaa ei enää tulekaan. Koska hän oli itse syy-

pää irtisanomiseen, ei työttömyyskassakaan kahdeksaan viikkoon korvannut mitään. Pikku hiljaa tuli kylmä hiki ja toimeentulo alkoi huolestuttaa. Koska ei ollut rahaa juhlimiseen, kaveritkin hävisivät kintereiltä. Elämä ei enää tuntunut mielekkäältä.

Pekka ymmärsi, miksi hänet irtisanottiin. Hän ei ollut katkera hetkeäkään, mutta surullinen kyllä. Pekka tiesi, ettei samaan työpaikkaan ollut asiaa, sillä hän oli mokannut omat mahdollisuutensa täysin. Hän tajusi vihdoin, mitä oli tehnyt. Hän oli vasta kolmekymmentäkaksivuotias ja parhaassa työiässä. Yksinäisyys ja rahan puute panivat miehen mietteliääksi.
– Kyllä nyt täytyy ryhdistäytyä ja hankkia uusi ammatti, Pekka sanoi itselleen.

Hän päätti, että juhliminen saisi jäädä. Pekka oli aina ollut taiteellinen ja kätevä käsistään. Hän oli kuullut, että työllisyyskoulutuksena oli alkamassa koristeveistäjän koulutus, joka kestäisi vajaan vuoden. Koulutus alkaisi syyskuussa ja helpottaisi pimeän talven taittumista. Ja yksinäisyyskin häviäisi, kun oli samaan suuntaan tähtääviä opiskelijoita. Pekka haki koulutukseen. Hän päätti samalla, että aloittaisi uuden elämän puhtaalta pöydältä ilman päihteitä. Pekka aloitti lenkkeilyn ja uinnin kaverinsa kanssa. Se auttoi häntä uuden elämän alkuun pääsyssä.

Postitse tuli ilmoitus, että Pekka oli hyväksytty koristeveistäjän koulutukseen. Koulutuksen aloittaminen pelotti, ja aluksi se olikin hankalaa. Koulutukseen otettiin kaksikymmentä henkilöä, joista viisi oli naisia. Pekka oli ollut aikaisemmassa elämässään seurallinen ja tullut hyvin toimeen ihmisten kanssa. Kun ensimmäinen koulutuspäivä alkoi, oppilaat kokoontuivat luokkaan. Pekka loi silmäyksen muihin opiskelijoihin. Heitä oli kaikenikäisiä. Naiset olivat reippaita ja katselivat, mihin ryhmään olivat joutuneet. Yksi opiskelija oli ulkomaalaistaustainen, joka oli ollut Suomessa kymmenen vuotta ja osasi hyvin suomen kieltä. Pian Pekan huomio kiinnittyi erääseen mielenkiintoisen näköiseen naiseen, Ronjaan. Kun ensimmäinen väliaika tuli, Pekka meni rohkeasti Ronjan luokse tekemään tuttavuutta. Pekka kysyi, mitä työtä tämä oli aikaisemmin tehnyt. Ronja kertoi, että oli ollut liikkeen kassalla. Hän oli aina pitänyt käsitöistä ja suunnitelmissa oli oman yrityksen perustaminen koulutuksen jälkeen.

Koulutus alkoi sujua ja myös lähentyminen Ronjan kanssa. Yhteinen mielenkiinto oli taide ja kädentaidot. Pekka pyysi Ronjaa koulupäivän jälkeen lenkille ja uimaan. He lähtivät yhdessä viettämään vapaa-aikaa.

Koristeveistäjän koulutuksessa oli monenlaisia aineita. Pekalla oli vahva matematiikka ja Ronjalla taas ruotsinkieli, joka oli Pekalle vaikeaa. He auttoivat toisiaan näitten aineitten opiskelussa. Muut aineet olivat heille helppoja. Pekka oli tyytyväinen, että oli saanut Ronjasta hyvän ystävän ja opiskelutoverin. Vuosi kului näin nopeaan, ja he saivat hyvät todistukset. Ronja sai stipendin, joka kannusti mahdollisesti jatkamaan opiskelua myöhemmin.

Vaikka koulutus päättyi, yhteiselo jatkui sen jälkeenkin. Pekan ihastuminen oli syventynyt ja hän kertoi Ronjalle koko elämäntarinansa. Tosin hän pelkäsi särkevänsä heidän hyvin alkaneen ystävyyden. Ronja totesi, että kaikki tekevät virheitä, mutta jos niistä ottaa opikseen, se on hyvä. Ronja ehdotti Pekalle, että he perustaisivat yhdessä yrityksen, koska Pekalla oli jo tietoa entuudestaan puualalta.

Alkoi yhteisen asunnon ja työtilojen haku. Pian he löysivät tilavan kaksion, joka oli kummankin mieleen. He sisustivat asunnon omilla tavaroillaan ja yhteisellä sängyllä. He tekivät myös pienen remontin. Sitten alkoi yrityksen toimitilojen haku. He saivat kaksi tarjousta. Toinen oli uuden kodin lähellä ja toinen viidentoista kilometrin päässä. Lähellä oleva oli heille liian kallis. Kauempana oleva tila oli sopiva ja halvempi. Koska heillä oli auto, ei matkan pituus haitannut.

Työvoimatoimistosta he saivat starttirahaa. Seuraavaksi oli käytävä pankissa keskustelemassa lainasta, sillä starttirahalla ei vielä päässyt kuin aivan alkuun. Kumpikin heistä oli hoitanut pankkiasiat hyvin, ja siksi lainan saanti onnistui.

Sitten alkoi markkinointi. Lehti-ilmoituksella he saivat asiakkaita. Uusi yritys kalustettiin niin, että sinne oli hyvä mennä joka päivä ja hyvä tehdä työtä. Uudet yrittäjät järjestivät avajaispäivänä yritykseensä tutustumisen ja kertoivat tuotteistaan ja työtavoistaan. Tarjolla oli myös pientä purtavaa. Kun he olivat jonkin aikaa toimineet yrittäjinä, hyvän työn maine kiiri ja töitä alkoi olla riittävästi. Yritys alkoi menestyä. Työttömyydestä oli vain muisto jäljellä, ja yhteistyö yrityksen eteen sujui. Heillä ei vielä ollut varaa ottaa lisätyövoimaa. Mutta he uskoivat, että senkin aika vielä tulee.

Kun Pekka aloitti koristeveistäjän koulutuksen, hän ei osannut aavistaa, että elämä järjestyisi näin hyvin. Hän sai mielenkiintoisen ja haastavan työn. Lisäksi hän tutustui Ronjaan, jonka kanssa elämä sujui rattoisasti. Alkoholi ei enää tullut mieleen, sillä elämällä oli nyt tarkoitus. Ronja ja Pekka saivat yhteisen kodin, jossa voi rentoutua ja jonne he voivat kutsua ystäviä. Parhaimman ystävän merkitys kannustajana vaikeina aikoina oli ollut suunnattoman suuri.

Lopulta Pekka ymmärsi, että kun tiedostaa tietonsa ja taitonsa ja ennen kaikkea vikansa ja puutteensa, voi pyrkiä realistiselta pohjalta eteenpäin. Tahto johti päätökseen, päätös toimintaan ja toiminta oikeiden keinojen valintaan. Ei riittänyt, että oli opiskellut yhden ammatin. Yhteiskunnan muutokset ovat jatkuvia ja siksi opiskelu ja ajan hermolla pysyminen on väistämätöntä.

"Kukaan ei voi palata menneeseen ja tehdä uutta alkua, mutta kuka tahansa voi aloittaa tänään ja voi tehdä uuden lopun".

Johtaja on pahin

Suomi valmistautui EU:n talous- ja rahaliittoon vuonna 1996. Postipankki oli ilmoittanut karsivansa konttoriverkostoa rajusti. Oli tarkoitus lakkauttaa yli 400 konttoria vuoteen 1998 mennessä. Samaan aikaan päätettiin perustaa 15 työvoima- ja elinkeinokeskusta.

Satu oli jo konkari työelämässä, sillä hän oli ollut ollut vieraalla työssä seitsemäntoistavuotiaasta alkaen. Kesäisin hän oli työskennellyt lastenhoitajana ja kaupan kassalla. Tehdastyötä hän oli tehnyt muutamia vuosia. Nykyisessä työssään toimistoalalla hän oli ollut viisitoista vuotta. Hän teki monenlaista toimistotyötä, asiakaspalvelua ja varastotyötäkin aina tarpeen mukaan. Sadun työpaikassa oli kymmenen työntekijää, joista miehiä oli kaksi. Yleensä naisvaltaisessa työssä oli keskinäistä kilpailua ja kadehtimista. Johtaja Maisa oli kuitenkin oikeudenmukainen ja hän kohteli alaisiaan tasapuolisesti. Hän muisti myös antaa myönteistä palautetta, aina kun siihen oli aihetta. Maisa halusi vielä edetä urallaan ja hän haki vaativampaan työhön, jonka myös sai. Työyhteisö oli ollut häneen tyytyväinen. Alaiset jäivät häntä lämmöllä muistelemaan.

Johtajan paikka tuli hakuun. Hakemuksia tuli runsaasti ja jännityksellä työntekijät odottivat, kuka siihen valitaan. Kun valinta julkistettiin, Satu oli tietoinen, että tuleva johtaja ei olisi niitä kaikista pidetyimpiä. Hän ei kuitenkaan kertonut muille mitään, sillä jutut olivat juttuja. Jokaisen piti itse luoda oma käsityksensä johtajasta.

Aluksi uusi johtaja Roosa oli kaikille työntekijöille mieliksi. Hän antoi ymmärtää, että hänellä on erittäin hyvät alaiset ja mieluisa työympäristö. Roosan edellinen työpaikka oli ollut Itä-Suomessa pienellä paikkakunnalla. Roosa halusi työhön, joka olisi lähellä pääkaupunkiseutua. Hän uskoi, että suuremmassa työyhteisössä on helpompi työskennellä, sillä erilaiset työntekijät olisivat työyhteisön rikkaus.

Innostuneena työyhteisö tutkaili, millaisen johtajan he olivat saaneet. Jokainen työntekijä oli hiukan varpaillaan ja seurasi johtajan työskentelyä. Muutamat työntekijät huomasivat melko pian, ettei kaikki tainnutkaan olla niin kuin piti.

Kun yrityksen sisällä tuli haasteellisempi työ hakuun, Satu päätti hakea sitä. Hän oli kyllä jo huomannut, ettei uusi johtaja pitänyt hänestä. Uuteen työhön valittiin työntekijä, joka oli osannut miellyttää Roosaa oikealla tavalla. Satu oli sitä mieltä, että ellei työpaikkaa hakiessa oteta huomioon työnteon laatua ja koulutustaustaa, muilla konsteilla hän ei halunnut työtä hakea. Eteneminen uralla uuden johtajan kanssa ei siis onnistunut. Satu mietti, miten saisi työnsä mielekkäämmäksi, että itse jaksaisi paremmin tehdä sitä.

Satu mietti ulospääsyä työyhteisön kiemuroista. Hän hakeutui oman ammattiliiton kokouksiin, joita oli kerran kuukaudessa. Koska hän kävi siellä ahkerasti, häntä pyydettiin yhteyshenkilöksi. Liiton terveiset piti välittää koko työyhteisölle. Johtaja antoi nihkeästi luvan osallistumiseen. Ammattiliitosta Satu sai kuitenkin uutta näkökulmaa työhön ja tutustui uusiin ihmisiin. Johtaja ei pitänyt siitä, että Satu kokosi henkilökuntaa yhteen ja kertoi heille liiton terveiset. Se oli kuitenkin laillista toimintaa. Liiton kautta Satu pääsi myös erilaisiin koulutustilaisuuksiin, jotka olivat antoisia ja mieltä piristäviä.

Lopulta työyhteisö valitsi Sadun työsuojeluvaltuutetuksi. Se oli hänen mielestään erittäin haastava tehtävä. Hän joutui selvittämään erilaisia ristiriitatilanteita. Satu uskoi, että työsuojeluvaltuutettuna hänellä olisi ollut paremmat edellytykset toimia työyhteisönsä parantamiseksi. Loppujen lopuksi niin ei ollutkaan. Tärkeä avaintekijä jaksamiseen oli työterveysasema, jossa Satu kävi luottamuksellisia keskusteluja työyhteisöön liittyvistä asioista. Johtaja ei pitänyt siitä, että Satu toimi työsuojeluvaltuutettuna. Nyt hän ei voinutkaan enää käsitellä Satua yhdentekevänä työntekijänä.

Parhaan työtoverinsa kanssa Satu pohti työyhteisöön liittyviä asioita.

Usein he ihmettelivät, miksi he olivat saaneet tällaisen johtajan. Roosan suosikit pääsivät parempiin tehtäviin ja palkkakin oli sen mukainen. Puoliso kehotti Satua hakeutumaan muualle työhön. Niin Satu tekikin. Mutta Satu ei ottanut huomioon, että paikkaa hakiessa kysytään aiemman työnantajan mielipidettä. Satu ei saanut hakemaansa paikkaa.

Lopulta selvisi, millaisen johtajan työyhteisö oli saanut. Työterveydenhuollon avulla Satu oli selittänyt, millainen olisi narsistinen henkilö johtajana. Hän oli vallanhaluinen ja omahyväinen. Hän halusi, että henkilökunta rakastaa, ihailee ja mielistelee häntä. Hän ei kyennyt asettumaan toisen asemaan. Hän piti itseään täydellisenä ja koki, että oma toiminta oli aina oikein. Satu tunnisti nuo kaikki piirteet omassa esimiehessään. Selvisi myös, että useimmiten taustalla on hyvinkin syvältä kumpuava alemmuuden tunne. Ja mikä ikävintä, parannuskeinoa ei juuri ole, jollei ihminen itse havahdu ja halua parantua.

Satu ymmärsi, että valitettavasti heidän piti selviytyä myös sellaisen johtajan kanssa, joka oli puolueellinen ja epäoikeudenmukainen. Vaati rohkeutta tarttua epäkohtiin ja rohkeutta jatkaa työntekoa. Satu toivoi, että jonain päivänä hän saisi vielä mieleisensä työyhteisön tai uuden esimiehen.

Kansakoulupohjalta maisteriksi

Suomen talous elpyi selvästi vuosina 1996 -1997. Kokonaistuotanto nousi, vienti piristyi ja kotimainen kysyntäkin kasvoi. Siitä huolimatta mittavia ongelmia oli edelleen. Työttömyys laski hyvin hitaasti ja valtio velkaantui yhä. Maailmantaloudessa puhalsivat puolestaan suotuisat tuulet.

Emilia oli suuren perheen vanhin lapsi. Vanhemmat olivat sisukkaita ja aikaansaavia. Heillä oli omakotitalo, jonka isä Aleksi oli itse rakentanut oman työnsä ohella. Äiti Annan tehtävänä oli lasten hoito. Siinä riitti puuhaa tarpeeksi. He asuivat Pohjois-Suomessa. Emilia teki mielellään puutarhatöitä ja haaveili puutarha-opettajan ammatista. Isä oli kuitenkin sitä mieltä, että piti mennä heti työhön ja siksi opiskelu jäi vain haaveeksi.

Heti kansakoulun jälkeen oli edessä työnhaku. Emilia pääsi toimistoapulaisen työhön. Hän teki kaikkea toimistotöistä varastotyöhön ja aina tarpeen mukaan muutakin. Hän oli joustava ja siirtyi sujuvasti tehtävästä toiseen. Työ alkoi sujua rutiinilla. Mutta mielessään hänellä oli opiskelu. Oli sellainen tunne, että pitäisi kehittää itseään, jolloin voisi hakea haastavampaa työtä.

Emilia muutti vuokralle pois kotoaan ja aloitti iltalinjalla kaupallisen tutkinnon. Hän sai suoritettua sen hyvin arvosanoin. Hän jatkoi entisessä työssään, mutta edelleen hänellä oli tyhjä tunne. Hän katseli kansalaisopiston koulutustarjontaa. Emilia mietti, että jatkaisi koulutusta, kun oli päässyt hyvään alkuun. Hän suoritti sosiaalipolitiikan approbaturin hyvin arvosanoin sekä erityispedagogiikan ja julkisoikeuden perusteet. Vähitellen hän sai avoimessa yliopistossa kokoon alemman tutkinnon.

Tämän jälkeen Emilia haki haastavampaa työpaikkaa. Hän ei ollut ajatellut, että koulutus ei automaattisesti takaisi parempaa paikkaa. Emilia sisuuntui ja hän päätti hakea yliopistoon jatkamaan eteenpäin.

Olihan hänellä suoritettuna alempi korkeakoulututkinto. Hiukan häntä hirvitti, miten selviäisi taloudellisesti ja miten jatko-opinnoista. Virkavapaalle hän ei voisi jäädä. Emilia oli enimmäkseen yksinpuurtaja. Siksi hän ei ollut kertonut kellekään, että oli hakenut yliopistoon. Emilia oli asettanut haaveekseen maisterin tutkinnon suorittamisen.

Emilian hämmästys oli suuri, kun hän sai tiedon yliopistoon hyväksymisestä. Hän soitti yliopiston opinto-ohjaajalle ja kysyi, mitä pitäisi tehdä. Hän ei voisi jäädä pelkäksi opiskelijaksi, vaan työtä olisi jatkettava kokopäiväisesti. Opinto-ohjaaja kertoi, että moni hakee yliopistoon useampaakin kertaan eikä tule hyväksytyiksi. Koska Emilia hyväksyttiin ensimmäisellä kerralla, totta kai hän valitsisi opiskelun. Hänellä olisi aikaa opiskella vaikka kuinka kauan.

Emilia vietti monta unetonta yötä, kun hän mietti, mitä tekisi. Suurin pelko oli kielten opiskelu, sillä Emilia koki, ettei hänellä ollut kielipäätä. Mutta olisiko hän tässä vaiheessa perääntynyt? Hän otti haasteen vastaan. Olihan hänellä omaa aikaa illat, yöt, viikonloput ja lomat. Eiköhän hän kuitenkin saisi kaiken sujumaan, kun oikein yrittäisi. Maisterin tutkinto voisi olla sittenkin mahdollinen.

Emilian opiskelu alkoi. Aluksi kaikki meni hyvin, sillä työelämäkokemus auttoi monessa aineessa. Sitten tulivat vaikeudet. Kansakoulupohjalta kielten opiskelu oli erittäin vaikeaa. Toisaalta matematiikka oli vahva. Emilia jo epäili, että tutkinto kaatuisi kielten opiskeluun. Emilia tiesi, että hän joutuisi ottamaan ruotsin ja englanninkielen tunteja selvitäkseen edes tyydyttävästi. Häntä pelotti jo etukäteen, miten selviäisi ruotsin ja englannin kielten kirjallisesta ja suullisesta tentistä. Emilia otti yhteyttä henkilöön, joka antoi ruotsin ja englannin tunteja. Hän harjoitteli kieliä sinnikkäästi opettajan avustuksella ja jotakin jäi mieleenkin, kun kovasti pinnisti.

Ensimmäiseksi oli edessä ruotsinkielen kirjallinen ja suullinen tentti. Tenttipäivä oli todella pelottava. Kirjalliseen tenttiin Emilia meni pelon sekaisin tuntein. Ahkeruus palkittiin, kun tentistä tuli tyydyttävä arvosana ja se Emilialle riitti. Ennen suulista tenttiä hän joutui ottamaan magnetofonin avukseen. Hän luki esityksen ja joutui toistamaan sen moneen, moneen kertaan. Suulliseen tenttiin hän meni jälleen pelokkaana. Kun ruotsinkieli meni läpi tyydyttävin tiedoin, se riitti.

Kirjalliseen englanninkielen tenttiinkin Emilia meni peloissaan, mutta hän läpäisi sen alimmalla arvosanalla. Suullisen tentin vastaanotti englanninkielinen opettaja, ja Emilia koki todella kauhun hetkiä. Hän vapisi kuin haavanlehti suullisen esityksen vuorollaan. Emilia oli tietämättään valinnut aiheen, josta tämä opettaja oli kiinnostunut, ja se siivitti alimman tason arvosanaan. Emilia huokasi helpotuksesta. Hän oli tyytyväinen, että oli panostanut paljon kielten opiskeluun. Nyt maisterin tutkinto oli mahdollinen.

Vielä oli edessä lopputyön teko. Ei sekään ollut helppoa ja Emilia koki monta hikistä hetkeä työtä tehdessään. Sisullaan hän sen selätti ja näytti siltä, että maisterin tutkinto oli jo melkein saavutettu. Emilia lähetti gradunsa tarkastettavaksi, ja jännitys oli sanoin kuvaamaton. Häntä pelotti, jos gradu ei menisi läpi. Hän koki, ettei voimia ollut enää jäljellä sen työstämiseen. Kun hän sai tiedon, että kaikki aineet olivat menneet läpi, maisteriksi valmistuminen oli tosiasia. Sitä riemua ei voinut kukaan ulkopuolinen tietää. Mahdottomasta tuli mahdollinen. Hän oli valmistunut maisteriksi ja saavuttanut jotain, mikä kosketti syvästi hänen sisimpäänsä.

Kun kutsu valmistuneiden juhlaan tuli, Emilia meni sinne ylpeänä saavutuksistaan. Ohjelmassa olivat musiikkiesitysten välillä rehtorin puhe, maaherran juhlapuhe valmistuneille sekä uuden maisterin puhe. Lopuksi valmistuneet lähtivät jonossa huoneeseen, jossa oli kuohuviinitarjoilu ja todistusten jako. Jokaiselle ojennettiin tulipunainen ruusu.

Emilia oli todella ylpeä saavutuksistaan. Häntä oli auttanut erittäin vahva motivaatio ja periksi antamattomuus. Kansakoulupohjalta oli mahdollista valmistua maisteriksi monen, monen sisukkaan hetken kautta. Silloin kun tuli oikein toivoton olo, auttoi rinnalla kulkijan kommentti:

– "Kyllä me yhdessä sinusta maisteri tehdään."

Ja niin tehtiin. Se oli Emilian elämän tähtihetki.

Sohvaperunasta kauhanvarteen

Suomessa 2000-lukua leimasi talouden nousukausi. Nokian merkitys oli erittäin suuri. Internet ja matkapuhelimet yleistyivät nopeaan tahtiin. Suomi kansainvälistyi taloudellisesti ja kulttuurisesti.

Taneli oli kahdeksantoistavuotias nuorukainen. Perhe asui Helsingissä isossa omakotitalossa. Isä Antti oli suuren firman toimitusjohtaja. Aliina-äiti oli kotirouva. Tanelilla oli kaksi veljeä ja kaikilla pojilla omat huoneet. Isä oli kannustanut poikiaan opiskelemaan. Tanelin veljet kävivät lukiota tähtäimenä hyvä ammatti. Taneli kävi peruskoulun. Vanhemmat olivat hyvin toimeentulevia ja isältä liikeni rahaa poikiensa harrastuksiin. Tanelin veljet pelasivat jalkapalloa ja he yrittivät saada kuopuksenkin mukaan.

Mutta Taneli vietti mieluummin aikaa television ja erilaisten jännityselokuvien parissa. Hän pelasi tietokoneellaan yömyöhään. Tanelin kaveripiiriäkään ei koulu kiinnostanut. Viikonloput kuluivat kodin ulkopuolella kavereitten kanssa. Tanelin vanhemmat olivat todella huolissaan ja pahoillaan poikansa tilanteesta. He kehottivat häntä hakeutumaan työhön tai johonkin koulutukseen. Tanelia ei työ todellakaan kiinnostanut. Työvoimatoimistosta ehdotettiin kursseja, jossa voisi tutustua erilaisiin ammatteihin. Tanelin äiti kannusti häntä osallistumaan kyseiseen koulutukseen, jos vaikka sitä kautta löytyisi kiinnostava ammattiala. Vastahakoisesti Taneli lähti koulutukseen. Osallistujille esiteltiin monenlaisia ammatteja kuten metallialaa, rakennusalaa, puutarha-alaa ja ravintola-alaa. Osallistujia oli kymmenen, poikia oli kuusi ja tyttöjä neljä. Kaikilla oli sama ongelma: mikään ei kiinnostanut, mutta jotain oli tehtävä.

Koulutuksen alku oli hankalaa. Olihan Taneli tottunut valvomaan pitkään, ja siksi aamuheräytykset olivat vaikeita. Ensimmäinen kuukausi meni. Hän sai vihdoin otteen koulutuksesta. Metalliala ei Tanelia ollut koskaan kiinnostanut, sillä hän koki sen likaiseksi ja epämiellyttäväksi työksi. Taneli koki, ettei rakennusalakaan ole hänen työnsä. Hän ei ollut kiinnostunut käsillä tekemisestä. Puutarha-ala oli Tanelin mielestä enemmän naisten alaa.

Viimeiseksi vaihtoehdoksi jäi ravintola-ala, josta hän alkoi kiinnostua. Myös punatukkainen, pirteä Janettekin oli kiinnostunut samasta alasta, ja myös se lisäsi Tanelin kiinnostusta. Koulutukseen kuului myös harjoittelujakso, jonka Taneli suoritti tunnetussa ravintolassa Helsingissä. Äiti huomasi, että Taneli oli saanut otteen koulutuksesta. Taneli alkoi myös kiinnittää huomiota pukeutumiseensa ja itsensä hoitamiseen.

Taneli kuuli, että nuorille oli tulossa kilpailu. Kilpailun tarkoituksena oli kannustaa kokin ammattiin. Arvosteluraadissa oli yksi kokki, yksi ravintolatyöntekijä ja yksi ravintolapäällikkö. Palkinnoksi voittajapari saisi viikonlopun kylpylään ja todistukseen merkinnän kilpailuun osallistumisesta. Se olisi plussaa koulutukseen hakiessa ja työpaikan saannissa. Taneli kysyi Janetelta, haluaisiko tämä osallistua kisaan. Janette lupasi olla kilpailussa Tanelin parina. Taneli pyysi tyttöä kotiinsa suunnittelemaan kilpailuruokaa. Janette oli jo etukäteen suunnitellut, minkälaisen ruuan he valmistavat, jos Taneli vain hyväksyisi ehdotuksen. Kyseessä olisi värikäs italialainen suikalepasta. Siihen tulisi special-vehnänalkiopastaa, marinoituja porsaan suikaleita, ruokakermaa, punaista ja oranssia paprikaa, hillosipulia ja mausteeksi rouhittua mustapippuria sekä hienonnettua persiljaa. Se olisi värikäs kokonaisuus. Taneli mielestä se oli mainio ehdotus. Hän piti pastasta. Jälkiruoka olisi tiramisu, italialainen jälkiruoka, joka nimensä mukaisesti piristää illallista sen viimeisenä numerona.

Kun kilpailu alkoi. Taneli huomasi, että heidän kemiansa sopivat hyvin yhteen. He työstivät innolla pääruuan ja jälkiruuan. Sitten ruoka arvosteltiin. Ateria oli näyttävän näköinen, kuin pala Italiaa, punaista, valkoista, vihreää. Kauniisti tarjottu ruoka oli myös tärkeä osa kokin ammattitaitoa. Arvostelijat pitivät kovasti Tanelin ja Janeten ruuasta.

He voittivat kisan, sillä kokonaisuus miellytti arvostelijoita. Arvosteluraati ojensi heille viikonloppupaketin Turun kylpylään.

Koulutuksen päättymisestä oli kulunut kolme viikkoa. Taneli huomasi jo kaipaavansa Janeten seuraa. He soittivat toisilleen ja keskustelivat, mikä viikonloppu sopisi molemmille. Janette odotti innostuneena tulevaa viikonloppua. Hän mietti, että ystävyyttä voitaisiin jatkaakin riippuen siitä, miten kylpyläviikonloppu menee. Matka linja-autossa kului kuin siivillä. Kun he pääsivät kylpylään, he majoittuivat ja söivät. Ruokailun jälkeen kumpikin halusi mennä uimaan ja saunomaan. Tuntui mukavalta olla yhdessä. Illalla he menivät diskoon musiikista nauttimaan. Siellä meni yömyöhään. Pian mieluinen viikonloppu oli ohitse Janette ja Taneli huomasivat, että olivat jo menossa linja-autossa kohti kotia.

Seuraavana viikonloppuna he tapasivat ja keskustelivat tulevaisuudesta. Helsingissä oli paljon hyviä ravintoloita, jotka tarvitsivat ammattitaitoisia kokkeja. Janette ja Taneli päättivät toimittaa hakemukset samaan oppilaitokseen. Heidät hyväksyttiin opiskelemaan. Koulutus kesti kolme vuotta, josta puolet oli työharjoittelua. Kumpikin panosti työharjoitteluun, koska sitä kautta oli mahdollisuus saada työpaikka. Koulutus meni kummaltakin hyvin ja he valmistuivat ravintolakokiksi.

Vanhemmat seurasivat nuorimman poikansa ryhdistäytymistä. Se että Taneli oli saanut otteen elämästä, oli heille hyvin tärkeää. Taneli haaveili yhteiselämästä Janeten kanssa. Sen aika olisi sitten, kun he saisivat työpaikat ja toimeentulon. Tämän opin Taneli oli saanut vanhemmiltaan. Vanhemmat uskoivat, että työnteko vie ihmistä elämässä eteenpäin. Siihen Tanelikin nyt uskoi.

Konkurssi uhkaa

Aiemmilla vuosikymmenillä alkanut digitaalinen vallankumous jatkui edelleen voimakkaana vuonna 2010. Lähes koko maailman väestö käytti kännyköitä. Maailmanlaajuisen vuonna 2007 alkaneen finanssikriisin päätyttyä vuonna 2009 euro ajautui syvään kriisiin. Kriisi levisi ja useat yritykset joutuivat lopettamaan toimintansa.

Matias oli käynyt peruskoulun. Hän haki ahkerasti työtä ja sai vakituisen työpaikan koulusta päästyään. Matias ehti olla yrityksessä vuoden ennen armeijaa. Hänelle luvattiin armeijan jälkeen paikka samassa yrityksessä. Matias oli siitä tiedosta iloinen, sillä hän viihtyi työpaikassa ja sai opetella uusia, erilaisia tehtäviä. Kotiuduttuaan armeijasta alikersanttina hän pääsi samaan yritykseen takaisin. Oltuaan siellä kahdeksan vuotta Matias sai kuulla, että työt päättyvät. Sähköfirmassa ei mennyt hyvin ja edessä olisi konkurssi.

Se oli Matiakselle kova takaisku. Hän oli viihtynyt työpaikassa ja edennytkin ja palkka oli kohtuullinen. Matias oli ajatellut armeijasta päästyään, että sähköala on hänen työnsä ja siihen hän hankkisi vielä lisäkoulutusta.

Mutta enää ei voinut ajatella vain yhden ammatin hankkimista, vaan voi joutua uuden ammatin hankintaan jopa kolme kertaa tai enemmänkin työelämänsä aikana. Piti vain olla valmis mukautumaan uuteen tilanteeseen ja ottaa tilanne sellaisena kun se tulee. Matias haki ahkerasti alan työpaikkoja, mutta niitä ei kuitenkaan löytynyt. Sen jälkeen hän laittoi hakemuksia myös muihin työpaikkoihin. Aina vain kiitettiin mielenkiinnosta ja sanottiin, ettei valinta tällä kertaa kohdistunut häneen. Se pisti Matiaksen miettteliääksi. Aikaa oli kulunut jo vuosi, eikä uudesta työpaikasta ollut tietoa.

Ei auttanut muu kuin miettiä koulutusta ja uutta ammattia. Matias oli kaksikymmentäkahdeksanvuotias, eikä uuden ammatin hankkiminen olisi liian myöhäistä. Monen vuoden koulutus ei kuitenkaan kiinnostanut, vaan mahdollisuus päästä nopeammin työhön käsiksi. Hän oli ulospäin suuntautunut, sosiaalinen ja hyväkuntoinen. Hän harrasti kuntosalilla käyntiä ja lenkkeilyä.

Matiakselle tuli mieleen hierojan ammatti. Sähköalan jatkotutkinto olisi kestänyt kolme vuotta ja niin pitkä koulutus ei enää kiinnostanut. Hierojana hän voisi perustaa oman hieronta-alan yrityksen työkokemusta saatuaan. Matias otti selvää alan koulutusmahdollisuuksista ja koulutuksen aikana saatavista tukimahdollisuuksista. Hän lähetti hakemuksen hierojan koulutukseen.

Matias pääsi hierojankoulutuksen haastatteluun. Hän kertoi, että on aina pitänyt käsillä tehtävästä työstä ja että häntä kiinnosti työ, joka olisi jatkuvaa ja pitkäaikaista. Matias kertoi myös satsanneensa kuntoonsa, joka oli hierojan työssä erittäin tärkeä. Matias oli myös miettinyt oman yrityksen perustamista, kunhan olisi ensin ollut vieraalla töissä useamman vuoden. Hän kertoi tehneensä myös kotikäyntejä erilaisissa talouksissa sähköalan yrityksessä työskennellessään. Mielenkiintoa oli myös asiakaspalveluun. Työttömyys oli venynyt ja siksi Matiaksella oli kova motivaatio uuteen ammattiin.

Kahden viikon kuluttua tuli koulutukseen hyväksymistieto. Matiasta jännitti koulutukseen meno, koska koulunkäynnistä oli vierähtänyt jo melkoinen aika. Koulutukseen oli valittu kaksitoista opiskelijaa. He olivat alle neljäkymmentävuotiaita ja suurin osa ammatinvaihtajia. Koulutus kesti kaikkiaan puolitoista vuotta, josta harjoittelua oli kahdeksan kuukautta.

Koulutuksessa Matias tutustui Veetiin, joka oli ollut aikaisemmin myyntityössä urheilualan liikkeessä. Hän kiinnostui hierojan työstä, koska liikkeessä kävi asiakkaina urheilijoita. He puhuivat hieronnan tarpeellisuudesta. Matias houkutteli Veetin kanssaan kuntosalille. He pitivät yhdessä huolta fyysisestä kunnostaan niin kuntosalilla kuin yhdessä lenkkeillen.

Koulutus sujui ja mielenkiinto hieronta-alaa kohtaan vain lisääntyi. Vaikeinta koulutuksessa oli ihmisen anatomia, jossa tutustuttiin lihaksiin. Anatomiassa joutui opiskelemaan monenlaisia vieraskielisiä sanoja. Kielten opiskelu oli vaikeaa. Onneksi Veetillä oli hyvä englanninkielen taito ja Matias kääntyi pulmatilanteissa hänen puoleensa. Helpointa kummallekin olivat matematiikka ja urheilutunnit.

Matias sai harjoittelupaikan laitoksesta, joka oli ollut toiminnassa jo useita vuosia ja siellä oli vakiintunut asiakaspiiri. Harjoittelupaikkaa piti pariskunta. He kertoivat Matiakselle aikovansa lähiaikoina lisätä henkilökuntaa. Siitä Matias oli erittäin tyytyväinen. Hän piti pariskunnasta ja heidän kemiansa sopivat hyvin yhteen. Asiakkaat olivat tyytyväisiä Matiaksen hierontaan. Matias ja Veeti saivat koulutuksen käytyään hyvät todistukset. Myös Veeti sai mieleisensä harjoittelupaikan ja tiedon, että voisi koulutuksen jälkeen päästä vakituiseen työhön.

Matias mietti, että sittenkin työttömäksi joutuminen oli ollut uuden elämän alku. Tähtäimessä hänellä oli tulevaisuudessa oman yrityksen perustaminen, mutta myös hierojan työhönsä vieraan palveluksessa hän oli tyytyväinen. Kun aika kuluu, kenties Matias ja Veeti voisivat perustaa yhdessä hierontaliikkeen. Toinen voisi keskittyä hierontaan ja toinen urheiluvälineiden välittämiseen. Kunnosta oli kuitenkin pidettävä huolta, että jaksoi pyöriä yhteiskunnan rattaissa.

Posti jyrää

Konkurssit ja yrityssaneeraukset olivat jokapäiväinen ilmiö Suomessa vuonna 2013. Yritykset tavoittelivat elinvoimaa ja voittoa. Suomalaisten yritysten kilpailukykyä voitiin parantaa vain osaamisella ja priorisoinnilla. Myös Posti joutui muutospyörteisiin.

Vanessa oli viisikymmentävuotias postinjakaja. Hänen miehensä Huugo oli kirvesmies. Miehellä oli vahva ammattitaito, mutta rakennusalalla ei riittänyt työtä ympärivuotisesti. Siksi Vanessan oli kymmenen vuotta aiemmin pitänyt mennä työhön. Näin he saivat lisätuloja ja Vanessa omaa käyttörahaa. Vanessa ja Huugo tulivat toimeen, kun vaimolla oli vakituinen postinjakajantyö. Postinjako alkoi kello neljä aamulla ja kesti neljästä viiteen tuntia. Vanessalla oli ajokortti ja kolme piiriä postia jaettavana. Vanessa oli mennyt postiin neljäkymmentävuotiaana. Työ sopi hyvin, koska hän pystyi tekemään kotityöt päivisin. Vanessa oli iltauninen ja meni aikaisin nukkumaan. Aamulla kello herätti jo kahden aikaan.

Eräänä aamuna työpaikalla oli vastassa irtisanomistiedote. Vanessan jakama postinjakopiiri yhdistettäisiin, ja hän oli irtisanottujen joukossa. Postinjakajat kokoontuivat ja vastustivat vähennystä, mutta mikään ei auttanut.

Postinjakajia piti vähentää, koska yhä useammat lehdet oli luettavissa netissä. Netti selvästi vaikutti siihen, että varsinaisia työntekijöitä ei tarvittukaan enää entistä määrää. Lehtitilaukset olivat vähentyneet ja samoin kirjeposti. Postissa oli pakko ajatella säästöjä, mutta ei sitä, miten työntekijät tulisivat toimeen. Mitä iäkkäämpi oli, sitä varmemmin oli irtisanottujen joukossa. Vanessa oli harmissaan, koska hän piti työstään ja siitä, ettei joka euroa tarvinnut laskea.

Palattuaan Vanessa kertoi Huugolle irtisanomisilmoituksestaan.

Puolen vuoden päästä työt päättyisivät. Vanessa masentui. Hän tiesi, että viisikymmentävuotiaana ilman koulutusta oli vaikea saada enää työtä. Vanessa oli sosiaalinen ja auttavainen. Tuntui turhauttavalta olla kotona. Vanessa mietti, mitä vielä voisi työkseen tehdä. Huugo huomasi myös masennuksen, kun yhteiselämäkään ei enää kiinnostanut. Huugo yritti kannustaa Vanessaa johonkin uuteen harrastukseen, mutta masennus vain syveni. Huugolla oli parhaillaan pidempiaikainen työ. He pärjäisivät, kun ei ollut enää lainaa eikä lapsia kotona.

Vanessa katsoi lehdistä avoimia työpaikkoja. Hänen ikäisenään koulutus ei enää olisi mielekästä. Vanessa löysi ilmoituksen, jossa haettiin siivoojaa leipomoon. Työ tehtiin aamusta ennen kuin leipomon työntekijät aloittivat työnsä. Vanessalle se sopisi hyvin, koska hän oli tottunut tekemään työtä aamuisin. Vanessa soitti työnantajalle, ja hänet kutsuttiin haastatteluun.
Vanessa lähti työhaastatteluun suurin toivein. Haastattelussa häneltä kysyttiin, miksi oli hakemassa paikkaa. Vanessa kertoi työstään postinjakajana ja siitä, että oli tottunut aamutyöhön. Hän ei osannut olla kotona kymmenen työssäolovuoden jälkeen. Haastattelussa painotettiin säännöllisyyttä. Vanessalta kysyttiin, olisiko hän valmis lyhyeen kurssitukseen, sillä työkoneet olivat muuttuneet ja niiden käyttöön tarvittiin kuukauden koulutus. Vanessalle se sopi. Haastattelun päätteeksi hän sai kuulla saaneensa paikan. Koulutukseen osallistumiskirje tulisi muutaman päivän kuluttua. Vanessa lähti kotiin kevein mielin.

Vanessaa jännitti, kun koulutus alkoi. Osallistujat kokoontuivat aikuiskoulutuskeskukseen. Luokkahuoneessa oli kuusi naista, joista yksi oli ulkomaalainen. Yksi naisista oli Vanessan entinen työkaveri Iina postista. Hän oli ollut postissa kaksitoista vuotta ja saanut nyt samasta leipomosta siivoojan paikan, mutta eri puolelta kaupunkia. Vanessa oli tyytyväinen, kun sai heti samanhenkisen ystävän. Näin oli jatkossa helppo jakaa tulevia tehtäviä Iinan kanssa. Pulmatilanteissa olisi ihminen, jolta uskalsi kysyä neuvoa.

Kukaan kuudesta naisesta ei ollut aikaisemmin tehnyt siivoojan työtä. He ihmettelivät, että vuosia sitten siivoojan ei tarvinnut osata kuin harjaa ja pölypyyhettä käyttää. Nyt heidän eteensä tuotiin siivouskoneet, ja jokainen sai käyttää niitä vain ohjatusti. Koulutukseen kuului myös ensiapukoulutus, joka oli mielenkiintoista. Koulutuksen päätteeksi he menivät yhdessä syömään ja viettämään iltaa. He sopivat myös pitävänsä yhteyttä aina silloin tällöin.

Vanessa huomasi, että iästä huolimatta voi sittenkin vielä saada vakituisen työpaikan. Ja hän voisi jatkossakin hieman hemmotella itseään. Vahva usko auttoi häntä elämässä eteenpäin. Mieli piristyi ja arki näytti taas valoisalta ja mielekkäältä. Hän kykeni taas suunnittelemaan menojaan ja sai piristäytyä työkavereiden ihmisten kanssa. Opiskelu, vaikka vähäinenkin, oli tässä vaiheessa vain piristävää.

Jos on sinnikäs eikä anna periksi, voi mennä vaikka läpi harmaan kiven. Elämä muuttuu ja me sen mukana.